2
音無砂月 Satsuki Otonashi
iyutani
JN062163
運命の番《つがい》？
ならば
その赤い糸とやら
切り捨てて
差し上げ
ましょう
Threads of Fate? Well Then, I Shall Cut It Off.
TOブックス

c o n t e n t s

目次

イラスト／iyutani　デザイン／伸童舎

# 第一章 代償行為

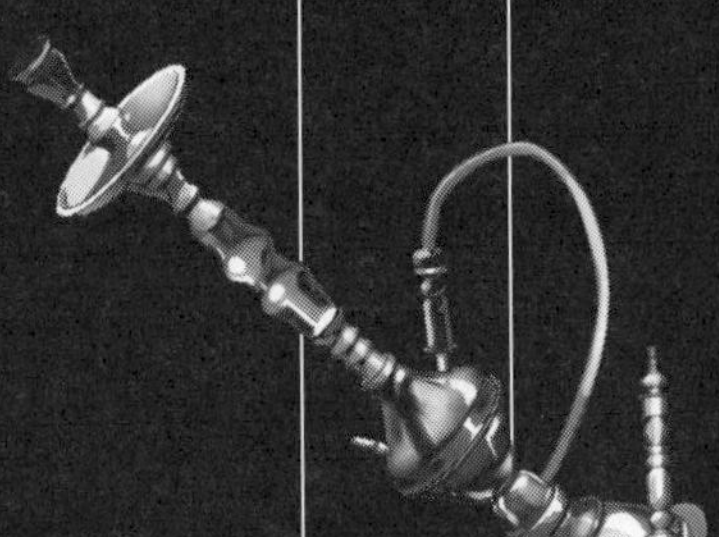

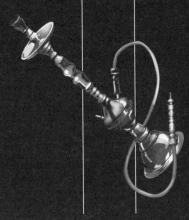

# 一．エレミヤの怒り

「ふざけるなっ！」

私の怒号《どごう》が部屋に響き渡った。

私はテレイシア王国の第三王女エレミヤ。現在はカルディアス王国国王カルヴァンの元に嫁ぎ、カルディアス王国の王妃となった。

しかし、夫であるカルヴァンには既《すで》にユミルという恋人がいた。

かなり野心家で性悪女だったので秘密裏に私が処理をした。まぁ、殺される前にって奴ね。

因《ちな》みに死体は見つかっていない。ユミルは行方不明。男と一緒に逃げたことになっている。

すると、カルヴァンが急に私を妻扱いしてくるのだ。

今までは邪魔者扱いだったくせに。

その為、私の堪忍袋《かんにんぶくろ》の緒が切れても誰も文句は言えないだろう。当然の権利だ。

「妃殿下、取り敢えず、お部屋に。ここは目立ちます」

フォンティーヌの言葉に私はここが廊下《ろうか》の真ん中であることを思い出す。

フォンティーヌの後ろには白衣を着た男がいた。おそらく医者だろう。カルヴァンの様子がおかしかったのでフォンティーヌが呼んだらしい。

私はカルヴァンを見る。彼はにっこりとまるで愛しき者を見るような目で私を見る。

鳥肌が立った。

確かに診察の必要がありそうだ。仕方がないので私たちはいったん、陛下の部屋に行くことにした。

◇◇◇

医者が陛下を診ている間、私は部屋の外で待機することにした。

陛下は私と一緒に居たがったが私が拒否をした。今の陛下とは一瞬たりとも同じ空間に居たくなかったのだ。

暫《しばら》くして医者が何とも言えない表情で出てきた。

「陛下はいったい、どうされたんだ?」

この場で誰よりも陛下を心配しているであろうクルトが医者に掴みかかりそうな勢いで訊ねた。

相変わらず馬鹿な護衛だ。

この場で一番身分の高い私を差し置いて口を開くなんて。

「恐らく、代償行為かと思われます」

「……代償行為」

クルトは訝《いぶか》しむように医者を見た。

医者は深いため息をついた後、私を痛ましそうな目で見た。

「番を失った獣人には時折あるのです。番を失った獣人は自決するか狂うかのどちらかですが、そうなる前に防衛本能が働くことがあります。陛下も狂う前に防衛本能が働いたのでしょう。結果として」

そこで言い淀《よど》んだ医者を見て私は何となく彼の言いたいことが分かった。それはフォンティーヌも同じだったようで息を呑む音が聞こえた。

唯一分かっていないクルトが苛立ったように先を促す。

観念したように医者は再度深いため息をついてから答えた。

「陛下は妃殿下を番様の身代わりに愛することを選択されました」

医者の話によると陛下はユミルのことを記憶の中に封じ込め、自分が初めから愛していたのも自分の番なのも私だと思い込もうとしている。そうすることで自分の心を守っているのだそうだ。

私は爪が皮膚《ひふ》に食い込み、血がにじむほど手を握り込んだ。

ぎりっと強く噛み締めたせいで唇が切れて血がにじむが今はそんなことに気を遣っている余裕はなかった。

「どこまでも馬鹿にしている」

思った以上に低い声が出たせいで、医者は顔色を真っ青にしていた。

「治るのか？」

クルトの質問に医者は「分かりません」と答えた。

全ては陛下次第なのだそうだ。

「おい、いつまで俺のエレミヤと話しているんだ」

部屋の中から苛立ったような陛下の声が聞こえたかと思うと、彼は不機嫌丸出しの顔を見せてきた。だが、すぐに私を視界にいれると甘い笑みを浮かべてくる。

ぞわりと鳥肌が立った。

「私はあなたのものになった覚えはありません」

『俺のエレミヤ』と言った陛下には殺意しか湧かない。今まで番ではない私に冷たく当たっていたのに、ユミルがいなくなった途端に私に愛を囁《ささや》くなんて勝手にも程がある。

だが、私の気持ちなどお構いなしに陛下は私のことが好きだと全身で表現してくる。

「すまない、物扱いをしたつもりはないんだ。ただ、お前は俺の番だ。俺以外の男と一緒にいるところを想像しただけで気が狂って何をしでかすか分からないんだ」

陛下は私に触れようと手を伸ばしてきた。私が一歩下がり、彼から距離を取ったので彼の手は何にも触れられないまま空中で静止してしまった。

「気安く触れないで。今日はもう疲れたから休みます」

私は一礼して陛下に背を向けた。

◇◇◇

苛立ちが止まらなかった。そのせいで、今日は寝不足だ。

重いため息をつきながらベッドから降り、鏡を見るとそこには疲れ切った女が映っていた。

パンッ。

両頬を思いっきり叩き、気合を入れる。

こんな顔を使用人に見せる訳にはいかない。

にっこりと私は鏡の前で笑う。よし。

気合を入れて、ちゃんと笑えることを確認したら朝の準備をしに来てくれたノルンたちを迎え入れる。

私の身支度を手伝いに来てくれたノルンとカルラ。カルラはいつも通り無表情で何を考えているか分からないけど、ノルンは困惑した顔をしていた。

「どうしたの？」

「陛下が食事を一緒にされたいと、先程からお待ちです。それと、部屋を後宮に移すようにと」

嫌な予感がした。

「まさか、寝室まで一緒と言わないでしょうね」

「……」

無言が肯定を表していた。

「嫌よ！　私の部屋はここよ。陛下が用意したんだもの。番でもない私は後宮に入る権利がないのでしょう」

ノルンやカルラに言ってもどうしようもないことは分かっていた。それでも、昨日から引きずっている怒りが止まらない。

「どこまで自分勝手なの！」

「妃殿下」

ノルンが何とか私を落ち着かせようとしているのは分かっていた。自分でも落ち着かなければと思う。

他人の前で感情を乱してはいけない。

「ごめんなさい。あなたに当たっても仕方がないのは分かっているわ」

「いいえ。お気持ち、よく分かります」

「陛下には私から話すわ。食事は一緒に摂るつもりはないからここに用意して。ディーノ、キスリング、シュヴァリエ、陛下の元へ行くわ。護衛をお願い」

「分かった」

「畏まりました」

「畏まりました」

ディーノ、キスリング、シュヴァリエの順に言葉が返ってきた。

朝食の準備はノルンとカルラに任せて私は陛下がいる食堂へ向かった。

赤い絨毯《じゅうたん》の敷かれた華美な廊下を歩いて、荘厳《そうごん》な扉の前に立つ。

廊下を照らす窓から見える空は晴れ渡り、気分を高揚させるものなのに今の私の心には暗雲がさしかかり、足取りを重くしていた。

だからと言ってここで立ち止まっていても仕方がないので私は乱れかけている感情を落ち着かせる為に深呼吸をする。

よし。と、心の中で呟いて食堂へ入る。

そこには満面の笑みを浮かべた陛下がいた。私が来るのを待っていたようだ。今までの態度が嘘のような彼にいら立ちが募るがここで怒っては話が進まない。

「おはようございます、陛下」

「おはよう、エレミヤ」

「どうかしたのか？」

席に着く様子のない私に陛下は不思議そうな顔をする。

厚かましいにも程がある。今までの態度を考えれば私が喜んで陛下と食事をする訳がないことぐらいすぐに気づくでしょうに。

「先ほど、侍女から聞きました。私の部屋を後宮に移すと」

「ああ。妃をいつまでも客室に置く訳にはいかないだろう」

自分がそうさせたくせに。

「私は今の部屋で十分です。あそこから移るつもりはありません」

私の言葉がよほど衝撃的だったのか陛下は目を見開き、私を見つめる。

本当に分からない。どうして自分が受け入れられると信じられたのだろう。

それとも彼はユミルがいなくなったショックで都合の悪いことは全て忘れてしまったのだろうか。

代償行為……私はユミルの代わり。

ああ、だから彼の中では私に愛してもらうのは当然のことなのか。だって、本音はどうであれユミルは彼に愛情を示していた。

「……めだ。ダメだ！　ダメに決まっているだろう！　お前は俺の妃なんだぞ。お前は今日中に後宮に移れ。寝室も俺と一緒だ。これは王命だ」

陛下は狂ったように叫び出した。さすがに怖くなったけど、シュヴァリエをはじめ、護衛たちが守るように私の傍に来てくれたので安心できた。

「お断りします」

「お前も、お前も俺の元から去って行くのか」

陛下は絶望している。でも、そんなことは私の知ったことではない。

「私は確かにこの国の王妃ですが、あなたと愛し合うつもりはありません」

「世継ぎがいる。世継ぎを作るのは妃の義務だ」

ユミルとの間に子供ができればその子を私の子と偽って世継ぎにしようと目論《もくろ》んでいたくせに。何が義務だ。先に義務を放棄したのは陛下の方だ。

「愛人でも、側室でも迎えてください。陛下の得意分野でしょう。王命であろうと従うつもりはありません。叛意《はんい》ありとして幽閉しますか？　それとも抗命の咎《とが》で処刑しますか？　どうぞ、お好きに。あなたと床を共にするぐらいなら死んだほうがましだわ。それと食事は部屋でとります。私に構わないでください」

陛下は何かを言おうとしていたけど、私は聞きたくなかったので彼自身を拒絶していることを表す為にも彼に背を向けた。

食堂から出た私は耳を塞ぐ代わりに食堂のドアを閉めた。

## 二．フォンティーヌの決意

あの日から陛下は何かにつけて私の傍に居ようとする。

一番迷惑なのは護衛として傍に居るシュヴァリエたちに嫉妬《しっと》して解雇させようとしたことだ。

「彼らは信頼できる護衛です。そのようなよこしまな感情を抱いていて職務にあたるものなど一人もおりません。陛下とは違いますから」

目くじらを立てて怒ると陛下はうろたえた。今までだったら逆切れしたり、私が不貞《ふてい》を働いているると決めつけて侮辱《ぶじょく》してきたくせに。

「たとえ、お前とこいつらに何の関係もなくとも俺は嫌なんだ。お前の傍に俺以外の男がいるのが」

それはユミルが男を作って出て行ったと聞かされたからだろう。彼は本当に怖がっているようだった。私が他所の男に奪われるんじゃないかと。

「護衛の任命権は私にあります。それは以前、書面で陛下と交わした約束です」

「っ。そ、それでも認められない。お前の護衛は俺が任命する。ここにいる奴らを解雇することはしない。元の部署に戻らせる」

何を言ってもダメだ。

無理に拒絶して余計に話がこじれるのも面倒。ここは大人しく彼に従って、打開策を練るしかないわね。

「……分かりました」

私の言葉に陛下はパッと花が咲いたような笑みを浮かべ、私を抱きしめようとしたのでそれは全力で避けさせてもらった。触れられるのも、同じ空間にいるのも、同じ空気を吸っていることにすら嫌悪を示してしまう程私は陛下が嫌いだ。

シュヴァリエたちは私のことを心配し、最後まで渋ったが仕方がないことなので最後は納得してくれた。ディーノは元々所属している部署がないのでシュヴァリエと同じ部署に一時的にではあるけど配属させてもらった。

陛下が配属してきたのは全員、女性の騎士だ。護衛としての腕がどれくらいなのかは分からない。だが、彼女たちが私にいい感情を持っていないことだけはすぐに分かった。

陛下がいなくなった瞬間、敵意をむき出しにしてきた。彼女たちの家柄を考えれば王妃になってもおかしくはない。ユミルがいなくなったので私がいなくなれば自分たちにもチャンスがあると考えているのだろう。

一部の人間を除いて、腹芸ができない種族なので彼女たちの考えていることはすぐに分かった。所詮は武力だけで大国にまでのし上がった国ということなのだろう。だが、資源が豊かなのは事実。

私はお茶を飲みながら護衛の女性たちを見る。

彼女たちが直接何かしてくる気配はないが、何かあっても助けてはくれなさそうだ。護衛が聞いて呆れる。

「陛下はいい仕事をするわね」

仕事をひと段落して慌てて私の元に駆け付けたフォンティーヌについ八つ当たりをしてしまった。常時、あの敵意に晒され続けることでストレスが溜まっていたのだ。

「護衛の件は私から再三申し上げているのですが、力及ばず、申し訳ありません」

「仕方がないわ。臣下では限界があるものね。それで？　考えはまとまった？　まぁ、聞くまでもないでしょうけど。覚悟を決めたからここへ来たのでしょう」

「はい。妃殿下の提案をお受けします」

「後悔はないのね？」

「宰相として第一に考えるのは国民のことですから。聡明なあなたならご存じでしょう。民にとって誰が王になるかなんてどうでもいいのですよ。自分たちの生活の保障さえされていれば、極論を言うと王が豚でも構わないんですよ」

フォンティーヌは疲れ切った顔でそう言った。

「……お姉様に連絡をしておくわ」

「ありがとうございます。陛下には私から言っておきますので、よろしくお願いします」

フォンティーヌはまだ仕事が残っているとお茶を一杯だけ飲んで出て行った。

陛下は私が離れていくんじゃないかと恐れている。私を自分に繋ぎとめる為に様々な贈り物をしてきた。もちろん、全て突き返した。

ユミルがいた時は最低限の執務はしていたのに、今はそれさえしなくなってしまった。

何度フォンティーヌが注意しても聞かず、私を繋ぎとめる為にどうすべきか試行錯誤している毎日を送っている。正直、迷惑な話だ。

◇◇◇

フォンティーヌと書面でやり取りをして、ハクに頼んでお姉様に届けてもらう。

これでテレイシアから遅くとも一か月後には優秀な人材が派遣される。滞っている執務も片付くだろう。

このことはフォンティーヌから陛下に報告が上がった。

陛下は嬉しそうに私の元へ何の前触れもなくやって来た（いつものことだが）。

「陛下、今度から前触れもなく来た場合は取次ぎません」

「す、すまない」

本来なら執務をしている時間だが、きっとフォンティーヌの制止を振り切ってきたのだろう。

そこまで考えて私はテレイシアから人を派遣して人不足を解消するという話を受け入れた時の彼の顔を思い出した。

彼はもう陛下を止めることもしなかったのかもしれない。

私の提案の意味も、最終的な目的も彼は勘づいている。その上で宰相として何が国民にいいのか彼は選択をしたから。

「それで、何の御用ですか？」

私に叱られて、うなだれた犬のようになる陛下をさっさと部屋から追い出したいのを我慢して、私は陛下にソファーを勧めた。

お茶は出さなかった。長居をされたくはなかったから。

「フォンティーヌから聞いた。お前が俺の為にテレイシアから人を寄こすよう女王に掛け合ってくれたと」

「……陛下の為ではありません。この国の王妃として当然のことをしたまでです」

「そうか。お前はやはりこの国に相応しい、立派な王妃だな」

にかっと笑う陛下を私は冷笑した。彼は私の態度には気づいていない。いや、気づかないふりをしているのかもしれない。

見たくないものには目を閉じ、聞きたくないことには耳を塞ぎ、嫌なことからは逃げて、心を閉ざした。愚かな王。

だから、フォンティーヌは彼を見捨てた。そのことに愚かな王はまだ気づいていない。

どこまでも幸せな男だ。

「公爵《こうしゃく》がいなくなり、優秀な人材もいなくなって、我が国はかつてない程の人手不足に陥っていたからな」

その割にはあなたはここで私とお話をしている暇《ひま》があるのですね。

それに公爵も、公爵にくっついていた者もそれほど優秀ではない。ただ、陛下のご機嫌取りは誰よりも優秀だったのかもしれないけど。

「お前のおかげで人手不足は解消だな。良かった、良かった」

「……そうですね。とても喜ばしいことですわ」

「ああ」

テレイシアから人を寄こすということは、テレイシアの人間が国の中枢に入り込むということ。

どんなに友好国であろうと、たとえ王同士が友人であったとしてもそれはあり得ないこと。それが分かっていないなんて、彼は本当に常識がない。

テレイシアの人間を国の中枢に持っていくということは、テレイシアがこの国を乗っ取れると言うこと。だからフォンティーヌはすぐには決断しなかった。

決断した後も陛下に自ら報告すると言っていたから、陛下が可能性に気づき、止めてくれることを心のどこかで期待していたのだろう。

無理だと分かっていても期待することを止められず、結果は玉砕。

当たって、本当に砕けてしまったのだ。

陛下に王としての器はないし、このまま玉座に居続けられても貴族が好き勝手していた公爵の時代に逆戻り。でも、自分ではどうすることもできずに苦渋の決断を強いられたフォンティーヌがとても哀れだった。

## 三．タダより高いものはない

「は？　お披露目会？」

「ああ」

満面の笑みで陛下は言った。

っていうか、いつまでいるんだろう。さっさと執務室に戻ればいいのに。

「テレイシアから人が来るのだろう。なら、少し仕事に余裕ができるし、お前のお披露目会を開こうかと思ってな」

余裕？　できる訳ないでしょう。

それにユミルと陛下がさんざん散財した上に、公爵が国庫を好き勝手に使っていたのでこの国の財政はかなりヤバイ。財政難が表面化していないのはフォンティーヌを始め、少数の優秀な臣下が頑張ってやり繰りしてくれているからだ。

「お披露目会なら既に終わらせていますが」

とても簡素なものではあったけど。

「もっと盛大にしたいと思っている。あの時はあまりできなかったからな」

あなたがその気ではありませんでしたからね。ユミルにぞっこんだったし。

「そんなお金、どこにありますの？」

「ないのか？」

なぜ私に不思議そうな顔をして聞くのですか。

「あるわけがありません」

王なら自国の国庫ぐらい把握しておきなさいよ。

「テレイシアで何とかならないのか？」

「は？」

陛下が言わんとしていることは瞬時に分かった。だが、分かりたくはなかった。

「お前のお披露目会なのだ。テレイシアから出しても当然だと思うが」

もしそれを言えば、厚顔無恥と罵られて門前払いをくらうことになるだろう。

私の姉は女王だが、「無駄にできる国庫など万に一つもない」という信条のもと執務に当たっているので他国に出す金はびた一文もない。

それに、お披露目会を行う場合は普通に考えて夫側が全額負担だ。それを支払えと？　それも一国の王が？

前代未聞だ。

「通常は夫側が全額負担となります」

「それができないのだろう」

「ええ（あなたとユミルと公爵様のせいでね）。テレイシアから一時的にお金を借りることはできます」

私は改めてお披露目会をする必要はない。お金もないし。

「ならそれで構わない」

構わないって。返す当てはあるのだろうか？

陛下を見る限り何も考えていないのは明白。一応、姉にはハクを通して聞いておこう。姉の目的を考えると安い買い物みたいなもので、了承してくれる可能性はある。

「分かりました。姉に聞いてみます」

「ああ、頼む。楽しみだな」

にっこりと満足そうに笑う陛下にはため息しか出ない。

◇◇◇

「結論から言うと、テレイシア側からお金を貸すことの許可は下りました」

夜中、ハクに確認したらあっさりと姉は許可した。

タダより高いものはない。何か理由があるはずだ。

「返す当てもないのよ。今のところ」

訝しみながら言うとハクは「返す必要はありません」と言った。

「返してもらったところで意味はないでしょう」

意味深に笑みを深めるハクは月を背にしているからか、とても美しい。

ただし、目の奥は冷めていて見ているだけで背筋が寒くなる恐怖がある。

「恨んでいるの？」

「ええ。今回の件に関してはざまぁとしか思えませんね」

「そう」

お姉様も分かっていていてハクを遣いに選んだんでしょうね。近くで己の運命を捻《ね》じ曲げた一端の最後を見届けさせるために。

◇◇◇

テレイシアからたくさんの助っ人が送られてきた。こんなに送られてきてテレイシア側は大丈夫なのかと逆にカルディアス王国の臣下に心配されたけど問題ありません。

テレイシアは新人教育に力を入れているので多少の問題なら対処できます。それにこれは近いうちに来る未来を見据えた布石。

テレイシアから借りたお金と人材で私の二度目となる王妃お披露目会の準備が進んでいく。テレイシアの人材の優秀さにカルディアス王国の官吏たちは舌を巻くという情けない姿を王宮内で度々目にすることになった。

その度にフォンティーヌは深いため息をついていた。……可哀そうに。

公爵と陛下のことで精一杯で人材教育をする余裕がなかったのだろう。

「エレミヤ様のドレスに関してですが」

テレイシアから来た、テレイシアの時の私の専属執事セバスチャン。オールバックにした白髪は相変わらず綺麗にワックスで固められ、寸分の乱れもない。きらりんと光るモノクルにも一切の曇りがない。

「やはりエレミヤはこの国の王妃だからな。母上のドレスなんてどうだろうか？　母上もきっと喜んでくださる」

ドヤ顔で言う陛下にセバスチャンはにっこりと素晴らしい笑みを浮かべた。

「それはとても光栄なことですね。けれど、ドレスというのは流行があります。一国の王妃ともなれば常に流行の最先端にいなければなりません。エレミヤ様はテレイシアの姫。ならば、テレイシア流のドレスを着るのがよろしいかと。この国ではとても珍しい様式になりますので、人目を引きましょう」

「なるほど！　確かにそうだな。父上の時代では友好国ではあったが、俺の代でテレイシアと希薄になってしまった。それを取り戻す為にもエレミヤにテレイシアのドレスを着せることでこの国でテレイシアの文化を浸透させ、関係を深めようということだな」

またもやドヤ顔で言う陛下。セバスチャンは何も言わずに笑みを深めるだけだ。後ろに控えているフォンティーヌはセバスチャンの言葉の裏にある意味を理解し、顔を引き攣《つ》らせているというのに。

それに陛下は気づいていない。セバスチャンが私を妃殿下と呼ばない本当の理由を。

最初、セバスチャンが私を「エレミヤ様」と呼んだ時陛下は「私の妃の名を気安く呼ぶな」と怒った。それに対してセバスチャンは「エレミヤ様はエレミヤ様ですから」としれっと答えた。

陛下は口でセバスチャンに勝てないし、テレイシアの人間ともめ事を起こしたくないフォンティーヌの仲裁で結局はセバスチャンの意見が通ったのだけど。

その件も含めてセバスチャンは言外に言っているのだ。

「エレミヤ様をカルディアス王国の王妃として扱うなど嫌だ。彼女は今もテレイシアの姫だ」と。

だからこそ、ドレスもテレイシアのドレスを着せてお披露目をすると。

フォンティーヌはすぐに気づいたけど、陛下に教える気はないようだ。だって、彼ももうこちら側の人間だから。

王手は既にかけた。

今更気づいたところでもう手遅れ。

ユミルの件で不満を持っていた臣下や民は少なからずいた。ただ番であることから仕方がないと思われていたし、目をつぶられている部分もあった。でも、ユミルがいなくなり、代償行為に走った彼に幻滅し、更に私に対してお金を湯水のように使いだした陛下に不安を持ち始めている者たちもいたのだ。

そこへやって来たテレイシアの強力な助っ人。これを臣下や民たちがどう思うかは手に取るように分かる。

# 四．お披露目会

そして、あれよあれよという間にやってきた私のお披露目会。

今回は他国の人間もたくさん招いている。当然、お姉様も招待客に入っていた。まぁ、金まで出させておいて呼ばないなんてあり得ないからね。でも、本当に陛下は危機感というものが皆無なんだなと招待客名簿を見た時には思ったわ。

先王陛下は政治に関しては優秀な方だと聞いたことがあるから、陛下がここまで馬鹿なのは公爵の教育の賜物《たまもの》か、あるいは天性の馬鹿かのどっちかね。

「お会いできて、光栄です。妃殿下」

グリシャナ王国のジョナサン公爵が人の良い笑みを浮かべて近づいて来た。ぺこりと頭を下げると、彼の頭にシャンデリアの光が当たり眩しくて思わず目を背けそうになったのは内緒だ。

「随分と遅いお披露目会ですな」

「ええ。陛下が私の為にといろいろ考えてくださって、それで遅れてしまったんです」

「そうですか、そうですか。私はてっきり番でもない妃殿下をお披露目する必要がないのかと思っておりましたぞ。まさか、大国の姫相手にそのような不作法が許される訳でもありますまい」

ちくり、ちくりと公爵は陛下に嫌味をぶつけているが、肝心の陛下はきょとんとしている。

「何を言っている。彼女は俺の番だ。彼女以外、俺の嫁はあり得ない」

堂々とのたまった陛下にさすがの公爵も目を丸くして私の方を二度見した。私は扇子で引き攣りそうになる口を隠した。

「……なるほど、噂は本当だったと言うことです」

「噂？」

「いいえ、こちらの話です。しかし、良かった。わが国にもまだ花を手に入れる隙があるということが分かって」

公爵の目が獲物を狙う狩人になった。

「このお披露目会には美しい花を狙う者が多く出席しています。蝶好きの陛下には花の本当の美しさは分かりますまい」

「？　俺は蝶は別に好きではないぞ」

「……そうですか。では、花はどうですかな？」

公爵の言葉に周囲の者たちは、自分たちの話を楽しむふりをして耳だけはこちらに向けている気配がする。みんな、興味津々ね。

私は陛下を見る。さて、公爵の言葉に何て返すのかしら。

「おかしな奴だな。俺は花も別に好きではない。男で花が好きな奴というのはあまりいないのではないか？　令嬢ではないのだから」

がくりと崩れ落ちそうになったけど、何とか平静を保った私を誰か褒めて欲しい。周囲の人間も呆れているし、さすがに公爵は平然としていたけど、内心呆れまくっているんでしょうね。

公爵が言う花とは私のこと。そして、蝶というのはユミルのことだ。

社交界で花は淑女《しゅくじょ》を指すけれど、蝶はいろんな男にモーションをかけるふしだらな女性のことを指すのだ。

実はユミル、こういう他国を招いた社交界に何回か出たことがあるみたいで、その時に他国の有力貴族の何人かと肉体関係になっていたとか。

ユミルは自分の魅力で彼らを誑《たぶら》かせたと思っていたみたいだけど、貴族にとってこういう遊びはよくあることなのでユミルは遊んでいるようで実は彼らに遊ばれていたのだ。

他国の間では有名な話で、国内では一部の人間以外には周知の事実だった。クルトを含め、陛下の周りには鈍い男しかいなかったので知らない人間ばかりだったけど。

実は私とユミルはあの時が初対面ではないのだ。何年か前に社交界で会ったことがある。その時はお姉様も一緒で、あの時は知らなかったけどユミルは陛下にお願いしてこっそり参加していたのだろう。

ユミルはお姉様の婚約者に言い寄っていて、お姉様の婚約者に手ひどくフラれていた。

「それを聞いて嬉しく思います」

公爵は満足そうに一礼して私たちの前から去って行った。

「彼は何が言いたかったのだろうな」

不思議そうに公爵の背を見つめる陛下に私はため息を押し殺した。

# 五．姉の知人

「ふぅ」

陛下は知り合いと話し込んでいる。私は少し疲れたので陛下に許可を貰ってバルコニーにいた。後ろには陛下が私につけた女性の護衛騎士が二人いる。尤《もっと》も、あまり信用してはいない。私が選んだ専属護衛とはあれ以来会えていない。

カルラとノルンは私の元に残っているので陛下の目を盗んで情報交換はしているみたいだけど。彼らの話によるとディーノがいつキレてもおかしくはないようだ。早いところどうにかしないといけないわね。

「随分、お疲れのようね」

「お姉様、お久しぶりです」

バルコニーで寛いでいると、フードを目深に被った体型からして男だろうか？　を、連れて姉がやって来た。

そのフードの人、よく社交場に入れたわね。まぁ、私の姉ということで身元は確かだし、それにこの国はかなり緩いからね。

「彼はノワール。私の知人よ」

「はぁ」

名字がないのは平民だから？　それとも名乗れない事情があるからかしら。

「上手くやっているようで安心したわ」

いつの間にか私の護衛二人はいなくなっていた。おそらく姉が下がらせたのだろうけど、私の許可も得ずに下がるなんて本当にできの悪い護衛だ。

きっと陛下は女ってだけで選んだのでしょうね。それで私が死んだら化けて出てやろう。

「お姉様ほどスマートではありませんが」

「謙遜《けんそん》ね。手段は問わないわ。最終的に手に入ればいいのだから」

そう言って姉はにっこりと笑った。

「エレミヤ」

私の帰りが遅かったせいで陛下が気にして見に来た。すると、陛下は怪訝な顔をしながら私の姉とフードの男を見る。

「お久しぶりね。妹がお世話になってはいないけど、気に入っていただけたのなら嬉しいわ」

「……スーリヤ女王」

陛下、私の姉のこと忘れてたでしょう。そもそも、見てすぐに誰か分からないの？

婚姻の手続きは全て使者がしていたから殆ど初対面のようなものだけど、それでも姉は招待客なんだから顔と名前を瞬時に一致させないとダメ。これは最低限のマナーだ。

まぁ、そんなものを陛下に求めるのは酷なのかもしれないけど。心なしか、隣のフード男が呆れているように見える。

「この度は私とエレミヤの為にご尽力いただき、ありがとうございます」

にこりと笑って礼を言う陛下に姉はとても美しい笑みを浮かべた。

「可愛い妹の為ですもの。当然だわ」

決して、あなたの為なんかじゃないと姉は暗に言っているのだが当然陛下は気づかない。今まで公爵の庇護下でぬくぬくと育ったのでしょう。王侯貴族の腹黒さとは無縁。ある意味で純粋無垢《むく》に育ったのだなと思う。

「それだけではなく、テレイシアの優秀な人材まで貸していただいて。何から何まで」

「当然のことよ。身内が困っているんだもの。手を貸さない訳がないわ」

ぞくりと背筋に嫌な汗が流れる。

友好的な笑みを浮かべているけど、姉の目は笑ってはいない。それに『身内』と姉は言ったけど、これは決して私のことを指している訳でも、婚姻により義弟になった陛下のことを指している訳でもない。

カルディアス王国そのものを指しているのだ。

私は姉が知人と呼んだ男に視線を向ける。

彼は姉の駒には見えない。けれど、重要な人なんだろう。従者ではない。知人と呼んだ存在。

この国がどうなろうが知ったことではないけど、この国に嫁いで、出会ってしまった大切な人たちが悲しまないような結末になればいいのにと、私は自分がしようとしていることを棚に上げて身勝手にも思ってしまった。

◇◇◇

姉と陛下は表面上は和やかな会話をして終わった。

陛下は姉に好意的な態度ではあったけど、姉の態度や言葉からは、終始、棘《とげ》を感じていた。

にこやかではあるけど、目は笑っておらず、私が選んだ護衛が外され、役にも立たない護衛がつけられていることに対しても嫌味を言っていた。

つけた護衛が役に立たないということにすら気づけない。そのことに対して姉は怒っていたのだ。

もちろん、鈍い陛下がそのことに気づくはずもなく、姉や私も教えてあげる程の親切心は存在しない。

◇◇◇

表面上は和やかなまま私の二度目のお披露目会は幕を閉じた。

招待客たちは明日、順次出立となるので今日は王宮に泊まることになる。

私は侍女を下がらせた後、バルコニーに出た。

疲れてはいるけど、なかなか寝付けなくて、夜風に当たりたかったのだ。

ひんやりとした空気が気持ちいい。

「不用心だな」

不意に聞こえた声に私は身構え、ナイトドレスの中に隠していた短剣を取り出す。

「テレイシアの女は勇ましいことだ」

とん。と、軽い音を立てて、手すりの前に降り立ったのは姉がお披露目会の時に紹介してくれたノワールという男。

お披露目会の時は無言を貫いていたので気づかなかったけど、この声には聞き覚えがあった。

「あなた、もしかして誘拐の時に助けてくれた」

にやりとノワールが笑ったのがフードの隙間から見えた。

「お前は仮にもこの国の王妃だろ。なのに、ここまで来るのに民間人の家に侵入するぐらい簡単だったぞ」

「……民間人の家に侵入したことがあるんですか？」

「……」

あるんだ。この人、姉が連れていたということは敵ではないんだろうけど、どういう立場の人なんだろう。姉は知人としか教えてくれなかったし、陛下も姉と話す時にノワールのことに関しては深く聞いてはいなかった。

仮にも他国を招いたパーティの主催者で王ならば不審人物として深く聞いてほしかった。

「王妃の住まう棟の入り口には必ず護衛がいる。もちろん、この部屋の前にもな。だが、そんな奴はどこにもいなかったぞ」

そうでしょうね。ユミルの時は陛下と寝室を共にしていたから後宮にもそこまで仰々しい護衛はつかなかった。何よりも竜族は最強部族。自分の身は自分で守るのが定石。

他国の王侯貴族にそれが通用しないとは思わなかったのだろう。だから、護衛のことまで頭が回らない。

まぁ、敵ではなかったけど、結果的に仲良くしているのなら私の精神衛生上、問題はない。

「それで、何の御用ですか？」

「一緒に来てもらおうと思って」

どこに？　という言葉を言い終えることはできなかった。目の前に現れた男が姉の知人で私のボディーガードのような役割を果たしてくれることは知っていた。でも、そんなことが本当にあり得るのだろうか。

## 六．エルヘイム帝国

目が覚めたらそこは見覚えのない、とても豪華な部屋だった。

ベッドも広くて、ふかふかで気持ちが良い。

誰が着せたのか分からないナイトドレスの肌触りも抜群だ。まさかとは思うけど、ノワールが着せた訳じゃないよね。という恐怖が一瞬浮かんだけど、今はそれどころではないと首を振る。

「エレミヤ様、目を覚まされたのですね」

「……カルラ」

いつもと違うメイド服を着たカルラは相変わらず、無表情で何を考えているか分からない。

「どうしてあなたがいるの？」

ここがどこか何となく分かる。仮に私の推測が外れていたとしてもカルディアスではないことは確かだ。なのに、目の前の侍女はとても落ち着いていて、そこにいることに違和感を感じさせない。

「その服、とても似合っているわね。まるで普段から着ていたみたいだわ」

現状を把握できない苛立ちと油断した自分への苛立ちからおそらくノワールの仲間であるカルラに嫌味を言ってしまったけど、それぐらいは許してほしい。

「お考えの通り、私はカルディアスの侍女ではありません。ノワール様に仕えています。エルヘイム帝国の侍女です」

「ノワールはやはり、エルヘイム帝国皇帝陛下なのね」

「はい」

姉は当然このことを知っていたのだろう。なら、私がここにいることも姉は承知の上。カルディアスに何も伝わっていないのなら王妃が突然姿を消したことになる。

仮に伝わっていたとして、陛下はどう動くだろう。

ここでの私の役割は何だろう。どう動けばいい。考えなくては。国盗り合戦をしているのだ。一つでも間違えれば死に直結する。

「エレミヤ様に仕えていた侍女、ノルンと護衛騎士のシュヴァリエ、ディーノ、キスリングは既に同じ王城にいます」

それは意外だった。普通は置いていくものではないだろうか。それに、彼らを連れて来たメリットはなんだ？

「カルラ、あなた帝国の人間と言うことは当然、魔法が使えるのよね」

「正確に言えば私は天族と魔族のハーフです。なので、普通の魔族よりも使える魔法のバリエーションはあまりありませんし、魔力量も少ないですが、転移魔法だけは昔から強かったんです」

つまり、私たちは彼女の転移魔法でここにいる訳だ。

「どうして私を誘拐したの？　ノワールはカルディアス王国と事を構える気？」

「私は侍女です。本来、一介の侍女がそのようなことを気にするはずがありません。理由に関しては陛下に直接お訊ねください。目が覚め次第、お会いしたいそうです」

「分かったわ。すぐに準備をするわ」

カルディアス王国に居た時と同じようにカルラは私の着替えを手伝う。

「カルラ、一つ聞いてもいいかしら。私を着替えさせたのってあなたよね」

「はい」

「そう。良かった」

私はカルラが用意したドレスを着た。帝国のドレスだ。テレイシアと同じで袖が広いのが特徴だけどテレイシアと違って胸元が広く開け放されているので少し恥ずかしい。でも、とても可愛くて少し気に入ってしまった。

「陛下があなた様に合わせて特別にオーダーメイドされたものです」

まさかと思い、クローゼットを見てみるとそこには何着ものドレスが用意されていた。それも、今着ているものと同じ帝国のドレス。

どうしてここまでする必要があるのか。

これでは人質でも客人扱いでもない。まるで……。

そこまで考えて私は思考を中断させた。ここで憶測を並べることに意味はないからだ。

「それでは参りましょう、エレミヤ様。陛下がお待ちです」

「ええ」

私はカルラに案内されて食堂へ行った。食堂へ行く途中で通った廊下には窓がなく、外から入り放題の不用心な作りだった。

もちろん、実際に侵入し放題という訳ではない。そこかしこに騎士が配置されている。

廊下から見える城の屋根は丸みを帯びていてテレイシアともカルディアスとも違う。どうやら私は本当に帝国にいるようだ。

皇帝陛下は私をどうするつもりだろう。

食堂には陛下によって解任された私の護衛、ディーノ、シュヴァリエ、キスリング、そして侍女のノルンがいた。

四人は私の姿を見るなり、ほっと胸を撫《な》で下ろしていた。

私も彼らに怪我がないようで安心した。

「ゆっくりと休めたかな、エレミヤ」

上座に座り、優雅に紅茶を飲む男。漆黒《しっこく》の髪に褐色《かっしょく》の肌。そして、血のように赤い瞳。

私は淑女の礼を執った。

「お初にお目にかかります、皇帝陛下。カルディアス王国王妃、エレミヤと申します。この度は合意ではなかったとはいえ、帝国に招待いただきありがとうございます」

私の嫌味を含んだ挨拶《あいさつ》に、ノワールは愉快そうに喉《のど》を鳴らして笑った。

私は彼に勧められたので取り敢えず席に着くことにした。

「あながち初めてでもないだろう」

「そうですね。最初は誘拐された時でした。お助けいただき、ありがとうございます。どうして王国内に潜入していたのかは敢えて聞きません」

「正式に名乗ってはいなかったな。俺はエルヘイム帝国皇帝、ノワール・フォン・レアリア・スチアートだ。歓迎するよ、エレミヤ。まずは祝杯といこうか」

ノワールの言葉を待っていたのだろう。すかさず給仕のものが私とノワールのグラスにワインを注ぐ。

「陛下」

「ノワールで良い」

「……」

「ノワールと呼べ」

「ノワール様」

「〝様〟はいらない」

何を考えているのだろう。他国の王族を呼び捨てにできる訳がないのに。この人は陛下とは違う。

それぐらいの常識、分かっているはずだ。敢えて無視しているのはここが公式の場ではないから。

そして、私は彼に正式に招待された訳でもない。

だからこそ余計に分からない。

「俺が許可している。誰にも文句は言わせない」

自信に満ちた顔で彼は言う。命令することに慣れている。生まれながらの王。陛下とは大違いね。

「あのような愚王を夫に持つと苦労するな、エレミヤ」

「コメントは控えさせていただきます」

「お前のそういう所、俺は気に入っているぞ」

「左様でございますか」

ノワールは本当に楽しそうに笑う。でも、油断できない男だ。

「これは、姉も、テレイシア女王陛下も承知のことですか」

「ああ。お前は実によくやった。公爵の力を削ぎ、国民の不満を王家に向けた。それにハクと言ったか？　あの者を使って国内にいる反乱分子を集め、指導させていただろう」

ノワールの言葉にノルンたちが息を呑む気配がした。

彼らには何も話してはいなかったからね。彼らの忠誠が王家にないことは知っている。でも故郷を混乱の渦に巻き込もうとしている私を憎むだろう。

国内に家族や友人を持つ彼らには話すことはできなかった。巻き込む訳にはいかない。だから何も言わずに全て一人でやった。後悔はない。たとえ、誰に恨まれようとも。

自らが決めて、実行したのだから。

# 七．スーリヤ女王

「それに一時的とはいえ、他国の人間を政治に関わらせた。勘の良い者は既に勘づいているだろう。宰相を味方につけたのも良かったな。お前の手足となって、根回しをしている。あれはもう完全に王を見限ったな」

ククッとノワールは喉を鳴らして笑う。

私からお姉様に渡している情報がそのままノワールに漏れている。彼が独自に全てを調べ上げたものではないだろう。

私がここにいるのも、私の側近がここにいるのも全てお姉様の采配。そして、カルラは最初から私の傍に居た。これは全てお姉様の計画通りということ。

最初から帝国と手を組むつもりだった。カルディアス王国はその為の贄《にえ》。ぬかったな。ここまでは考えが及んでいなかった。そうよね、ただ純粋に資源が豊富なだけのカルディアス王国をお姉様が欲しているはずないもの。

そう考えると私の次の立ち回りは。

私を値踏みするように見ているノワールに視線を向ける。

「陛下には弟がおられましたね」

「ああ」

「私にはまだ嫁いでいない姉がおります。私が離婚後は陛下の弟君と私の姉が婚姻してカルディアス王国の新たな王と王妃になるのですね」

「その通りだ。お前はやはり、聡《さと》いな。テレイシア女王がお前をカルディアスに嫁がせた理由がよく分かる」

私は始めから捨て駒《ごま》だったのね。

まぁ、お姉様のことだから離婚後の私の嫁ぎ先も既に決めているのでしょうね。

冷酷で無慈悲と言われることもあるけど、家族に対してきちんと愛情を持っている人だからそんなにおかしな所には嫁がせないはず。

ただちょっと気になる点がある。ノルンたちがここにいる理由だ。

「私がここにいるのは万が一に備えてと考えてよろしいんですか？　国の乗っ取りです。多少のいざこざはあるでしょう。それに巻き込まれない為に帝国に保護されていると」

「それもあるが、お前を俺の妃に迎えるつもりだ」

「は？」

「言っただろう。祝杯をあげようと」

確かにさっき言っていた。思いっきりスルーしたけど。何の祝杯だ？　と思ったけど。

「……なぜ？　王弟殿下と私の姉が婚姻することで両国の絆は確固たるものになります。そこで私とあなたの婚姻が必要ですか？」

「俺とお前が結ばれれば絆はより強固になる。それに俺はお前を気に入った。暗器を片手に戦う姿はまるで戦場を駆ける戦女神のようで実に優美だった。最初はその姿に一目ぼれをした。次に策を弄する姿、俺に対して物おじしない度胸が気に入った」

そこまで言って立ち上がったノワールはツカツカと私の元まで来て、私の手首を掴んだ。あっと、思った時にはとても近い距離にノワールの顔があって思わずドキっとしてしまった。

私も年頃の、それも王族に生まれたってだけの普通の少女だからね。イケメンにキスされそうな距離までに近づかれたら鼓動が早くなるのは仕方がない。生理現象よ。

「俺はなかなかお買い得だと思うぞ。お前に苦労はさせないし、魔族に番なんてものはないしな」

「……そうですね。ですが、私はまだ王妃なので」

「安心しろ。今頃はお前の姉がトカゲにも分かるように丁寧に離婚について話し中だろう」

トカゲって陛下のこと？　っていうか、当事者置き去りでいろいろ進められて、頭がパンクしそう。

「お前だってあんな男の嫁はいい加減うんざりしていただろう。このままいけば跡継ぎ問題もあるしな。初夜も迎えてはいないのだろう」

「なっ」

あけすけに言いますね。事実ですけど。どうしてそこまで知っているのよ。

分かっていたけど、あそこいろんな情報だだ漏れよね。

「そうですか。取り敢えず、いったん休ませていただいてよろしいですか」

「ああ。お前の回答がどうであれ、お前が俺の妃になる以外の道を用意してやるつもりはないが、情報を整理させる時間ぐらいはやるから。よく飲み込むことだ」

「ありがとうございます」

「それと、お前の側近たちは本日をもって帝国の臣下となった。これから先は妃となるお前の側近だ。もちろん、カルラも今まで通りお前につけさせる。安心しろ、辞職届は既に出させているから」

「……そうですか。何から何まで準備がよろしいですね」

「欲しいものを手に入れる為なら手間は惜しまない主義だからな」

「……っ。そ、それでは失礼させていただきます」

「ああ」

未だかつてそんなことを言われたことがないので調子が狂う。

王女として貞淑《ていしゅく》を守る為に最低限の男性としか関わらなかったし、嫁いだ男が男だったので男に免疫がないのだ。

◇◇◇

スーリヤ視点

「ふざけるな！　こんなこと受け入れられる訳がないだろ」

バンッと癇癪《かんしゃく》を起した子供のようにテーブルを拳で叩き割る男が私、テレイシア女王である私の前にいた。

私の名前はスーリヤ。テレイシアの女王でこの国の王妃、エレミヤの姉である。

私は前もってカルヴァン陛下に重要な話があるので夜会の翌日に時間を作って欲しいとお願いしていた。

そして、今日。清々しい朝を迎えた。かんかんと照る太陽が室内の温度を上昇させる。そんな中で更に自分の体温をあげるなど自殺行為だと思う。

けれど、目の前の子供……失礼。カルヴァン陛下は感情に素直な方なので血管がはち切れるのではないかと思うぐらいに怒り狂っていた。

私が時間を作って彼にした話は妹との離婚話についてだ。

必要な書類は全て用意した。大司教には既に提出してある。なので離婚は成立している。彼が拒絶してももう無意味だ。それに、大司教に訴えた所で彼は取り合ってはくれない。

浮気をしたのはカルヴァン陛下だ。浮気した側の言い分を聞いて、離婚をなかったことにするはずがない。それに大司教とは旧知の中だ。根回しは既に済んでいる。どうあっても離婚をなかったことにはできないのだ。

「ふざけるな、ですか」

私は扇子で口元を隠しながら笑う。

「そなたはおかしなことを言う。それはこちらのセリフぞ」

「なんだと」

こちらを射殺さんばかりに睨みつけるカルヴァン陛下を軽く流した。

「我が国の姫を蔑ろにしたのはそちら。むしろ、すぐにでも離婚されなかっただけ有難いと思って欲しいものだな。そなたが心を改め、妹への待遇を考えるのを待っていたのだ。すぐに離婚させなかったのはこちらの温情だ」

嘘だけど。

本当はエレミヤの準備が終わるのを待っていたのだ。最低でも公爵だけは排除して欲しかったからね。

「っ。確かに、ユミルのことがあり、周囲が見えなくなっていた。そなたの妹に対しての無礼は謝る。すまなかった。だが、今は既に待遇は改善させている。今のそなたの話で言うのなら離婚はなしだろう」

は？　この男何言ってんの。本気で言っているの？　マジでそのでかいだけの頭は飾りだな。振ったらカランカランって音がするんじゃないの。

「妹をそなたの番の代わりにしているだけだろ」

「ち、違う！　俺は本当に心からエレミヤを愛している。俺の番はエレミヤだ。彼女だけだ」

わぁ〜。気持ちが悪い。

本物の番を失って、狂ったという話は真実のようね。

先ほどは非を認め、ユミルの話を自らしたのに今は番がエレミヤだと主張している。

「ご自分の過去を振り返ってから言いなさい。カルヴァン陛下。そなたの言葉は信じるに値しない。それに何を勘違いしている？　離婚は既に成立している。私はあくまで報告をしているだけだ。ここでそなたが駄々を捏《こ》ねようとも事実は変わらん」

話は終わったので私は立ち上がる。もちろん、とどめを刺すことは忘れない。

「そうそう、そなたはまだ気づいていないようだが。エレミヤは既にこの国に居ない」

「は？」

膝から崩れ落ちるように床に座り込んだカルヴァン陛下が情けない顔で私を見上げる。

私はにっこりと微笑んでエレミヤがどこにいるのかを、彼女の待つ未来について教えた。

「あの子は今、帝国に居る。ノワール皇帝陛下の妃になる為にな。可哀そうに。番に捨てられ、妃に捨てられるなんて」

いい気味。

「臣下も既にお前から離れた。お前はもう、独りぼっちだな」

それだけを言って私は部屋から出た。使用人にあの子のものを引き取るように指示を出し、私自身も国へ帰る準備を始める。

# 八．従者の選択

部屋に戻った私は情報を整理するよりもまず、やらないといけないことがある。

それは私と一緒に退出を許可されたノルン達だ。

みんな、黙って私の部屋までついてきた。

ちょっと気まずい。まぁ、私が原因だから仕方がない。

「姉が帝国と組むっていうのは初耳だったわ。でも、姉にあなたたちの国を乗っ取るように指示を受けていたのは本当よ。その為に動いた」

どう言っても仕方がないので何も誤魔化さず事実だけを話した。

彼らが国に辞表を出していることには驚いたけど、これで私から離れていくのなら、せめて仕事の斡旋《あっせん》だけはさせてもらおう。

「妃殿下が私たちのことを考えて何もお話にならなかったのは分かります。正直、陛下に対しては不満もありましたし、妃殿下と陛下、どちらかにつけと言われたら迷わず妃殿下につきます。しかし、王国の一国民として反乱に加担しろと言われたらどう答えていたか分からないのが現状です」

そう答えたのがキスリングだ。

当然の答えだろう。謀反とはそれだけ重いのだ。

ましてや彼は曲がりなりにも貴族。容易に答えてもらったらそっちの方が不安だ。

「ですがここにいる時点で答えは決まっております。私は妃殿下が命令されるなら陛下に剣先を向けることも厭《いと》いません」

キッパリとキスリングは断言した。

「僕の主はエレミヤだから。地獄の果てだろうとついて行く」

そう答えたのはディーノだった。

「私は、分かりません。妃殿下には感謝しています。でも騎士として忠誠を誓っている兄と生き別れるのは嫌です。だってせっかく会えたから。でも私も兄もここに来る前に決めました。何があろうとも妃殿下と共にいると」

強い意思を持った眼差しでノルンは言う。

そんなノルンの頭をシュヴァリエは優しく撫でる。

「あなたは俺たちの恩人であり、俺の主です。妹を救ってくれたあなたに忠義を尽くすと決めました」

そう言ってシュヴァリエは騎士の礼を執る。

「どこまでもお供します」

私達は出会ってから日が浅い。そんな中でも生まれた絆と信頼は確かにあった。

「ありがとう、みんな。今まで黙っていて、ごめんね」

◇◇◇

帝国に来てから数日が経った。ノワールは時間を見つけては私に王宮内や帝国内を案内してくれた。それに帝国が今抱えている問題や、帝国の政治についても教えてくれた。

因みにノワールの両親はいない。

母親はノワールが十六歳の時に病で他界。父親は表向きは病死になっているがノワールが殺した。

強欲で、好戦的。戦が好きで常にどこかの国に喧嘩を売っていた先帝陛下。皇帝としての資質もないくせに権力だけは持っている愚帝。このままではノワールが即位する前に帝国が滅びると考えた。

この国は情報の管理がしっかりしているので隣国でも正確な情報を得ることは不可能だったが、テレイシアが知らない間に帝国は内戦の火種を抱え、それが爆発する前にノワールが鎮火《ちんか》させたのだった。

## 九．カルヴァンの訪問

帝国に来てから数日が経った。

「今のは」

ここ数日は久しぶりに心穏やかな日を過ごしていた。

思えばカルヴァン陛下の妻になってからは怒涛《どとう》の毎日を過ごしていた。

使用人と上手くいかず、馴染めず、陛下はユミルにかかりきりで、私のことを嫌っていた。分かっていたこととはいえ、それでも年頃の乙女だ。多少は結婚に夢を見ていた。

それは脆《もろ》くも崩れ去ったけど。

自分にはもう二度と訪れることはないのかもしれないと思っていた平穏を今、一生分味わっているのではないかと思っていた矢先、窓の外を黄金の巨大な竜が飛んでいるのが見えた。

初めて見たが、何となく嫌な予感がして私は急遽《きゅうきょ》、ノワールの執務室を訪ねた。

彼は来ることが分かっていたのか前もって来訪の手紙も寄こさずに来た私を驚くこともなく迎え入れた。

「思ったよりも早く来たな。お前の元夫は」

私は全くノータッチだったのであまり実感はないけど、姉からは離婚の手続きを終わらせたとの知らせは来ているので私と陛下はもう赤の他人になる。

「カルヴァン陛下が来ると伺ってはおりませんでしたが」

「ああ。俺も知らなかった」

つまり、陛下は事前の来訪の連絡もなく勝手に、それも竜の姿になって頭上からやって来たのだ。

何てことだ。ここまで無鉄砲で常識知らずだなんて。

「不法入国で捕まえてしまおうか。トカゲの丸焼きなんかしてスラムに捨ててもいいな。きっと、みんな目の色を変えて食べてくれるだろう」

ははは。と楽しそうな声で笑ってはいるけど、彼の目は決して笑ってはいなかった。

嫌な汗が背筋を流れる。呼吸を満足にすることもできず、あたりに漂う殺気に近い威圧を私は何とか受け流していた。

「皇帝陛下。少し、気をお静めください。エレミヤ様の前です」

「ああ。すまない」

カルラの言葉であっさりと空気は変わった。

私は自分の後ろに立つカルラを見る。彼女は相変わらず無表情で、淡々としている。彼女と反対の方向に立っているノルンは真っ青になり、今にも倒れそうだ。

私の専属護衛たちは冷や汗をかきながらも剣の柄を握っていた。柄を握っている手を反対の手で押さえ込んでいるのを見るに、反射的に剣を抜こうとして何とか留めたのだろう。

「トカゲの相手は俺がしよう。お前はどうする？」

「元とはいえ、夫です。自分でけじめをつける機会を与えてくださるのならお受けしたいです」

「いいだろう。二人っきりにはしてやれんがな」

「十分です」

元より二人きりになりたいなどと思ってはいない。

「では行こうか。ああ、そうだ。カルラ、頼みがある」

「はい」

ノワールに耳打ちされた後カルラはすぐに執務室を出て行った。心なしか、彼女が楽しそうに見えた。そしてなぜか、一瞬だけ垣間見えた彼女の吊り上がった口角に寒気がした。

「では行こうか」

「……はい」

彼がカルラに何を頼んだかは気になるが、耳打ちをしたと言うことは教えてもらえないのだろう。

あまり知りたいとも思わない。

私はノワールにエスコートされながら応接室へ向かった。

◇◇◇

「エレミヤっ！」

応接室には騎士に見張られたカルヴァン陛下が苛立たしげにソファーに腰かけていた。

彼はノワールに追随して入って来た私を見つけた瞬間、表情を和らげた。まるで愛おしい者を見つけたかのような顔に私は気持ちの悪さを感じた。もちろん、顔には出さないが。

「良かった。無事だったんだね。君が帝国に連れ去られたと聞いてどれほど心配したことか」

そう言って私に駆け寄り、まるで熱い抱擁でもするかのように両手を広げた。

「カルヴァン」

絶対零度を思わせるような声でカルヴァン陛下を呼んだノワールは彼の視界から私を守るように前に出た。

カルヴァン陛下は眉間《みけん》にしわを寄せ、ノワールを邪魔ものを見るような目で見つめる。

「妻でもない淑女に気安く近づくものではないな。お前に常識がないのは知っているが、最低限の礼儀を弁えてもらおう。ここは帝国でお前の箱庭ではない。そして、お前は賓客《ひんきゃく》ではなく、侵入者だ」

「っ。礼を欠いたことは詫びる。しかし、元はと言えばお前が俺の妻を連れ去ったのが問題で」

「囚われの姫を助けるのは皇子か騎士の役目だからな。それに、彼女とお前は離縁が成立している。今のお前に騒ぎ立てる権利はない」

「俺は認めてない！」

感情的になるカルヴァン陛下をノワールはどこまでも冷静に、虫を払うようにあしらっていた。

「お前の意思などどうでもいい。離縁に対して抗議をする権利はない。対等の国からもらい受けた姫を不当に扱えば当然のことだと思わないのか。思う頭がないのか」

「ノワール陛下。幾ら何でも無礼がすぎるぞ。俺の国とお前の国は対等なはずだ」

「黙れ、不法入国者。ここでお前に危害を加えてもこちらは問題ないのだぞ。お前は正式な手続きをして帝国に来た訳ではないのだからな。立場を弁えろ」

「っ」

口では勝てないと分かったのか、カルヴァン陛下は捨てられた子犬のような目で私を見つめる。

私はノワールの許可を貰って口を開いた。

「陛下、姉から離縁の話を聞き、私はこれを受け入れました」

「なぜ」

愕然《がくぜん》とするカルヴァン陛下には心底理解できない。どうしてあんな扱いを受けた私が今もあなたの妻であり続けると思えるのだろう。

代償行為で彼はユミルの代わりに私を愛そうとしていると医者は言っていた。なら、ユミルが彼を愛した（本当に愛していたかは不明だけど）ように私も彼を愛していると思っているのだろうか。

それは何とも都合のいいことだ。

「簡単な話です。私はユミルではないからです」

「お前も俺を捨てるのか」

「私を最初に捨てたのはあなたです。あなたの勝手な都合で拾われたり、捨てることができる程テレイシアの女は都合よくできていません」

「お前は平気なのか。俺を捨てて」

何を言いだすのか。隣で、ノワールが笑いをかみ殺している気配がする。

私も王女でなければ、ここに誰もいなければ腹を抱えて笑っていただろう。

それぐらい今のカルヴァン陛下は滑稽《こっけい》だった。

自分の行いを省みることもできずに「欲しい、欲しい」と駄々を捏ねる大きな子供のような男だ。

「当たり前です。だって、私はあなたのことを愛していないもの」

◇◇◇

カルヴァン視点

どこをどう歩いたかは分からない。

エレミヤから別れを告げられてから視界がおぼろげで、帝国の騎士に先導されながら機械的に足を動かした。

「　　　　　」

何か声がする。

聞きなれた声に思わず足を止めた。

辺りを見るとそこは薄暗く、人気のない場所だった。はて、行きはこんな道を通ったかな？

行きはエレミヤを盗られたことと、離縁のことで頭に血がのぼった状態で案内された道をただ歩いていたので周囲を見る余裕はなく、どういう道を通ったか覚えていなかった。それにどうもこの城は入り組んでいて、現在位置が把握しづらい。

「おい、この道で合っているのか？」

「はい」

不愛想な男だ。

足を止めた俺に気づき、足を止めてくれたのは良い。だが、にこりともしないなんて。まぁ、男に愛想を振りまかれても気色悪いだけだがな。

「行きはこんな道を通った覚えがないぞ」

「こちらの方が近道になります」

「では、なぜ行きにも同じ道を使わなかった」

「この城は容易く制圧されないために入り組んだ造りをしています。その為、行きにこの道を通ることはできない造りになっているのです」

「何とも面倒な城だな」

「どこの王城もそういう造りになっているはずです。わが国だけが特別ではありません」

「俺の城はこんなに面倒ではない」

「それは平和なことですね」

何となく馬鹿にされたような気がしてムカついた。

「　　　」

すると、また聞きなれた声が聞こえた気がした。俺は惹かれるようにその声を辿《たど》って歩き始めた。

案内人である騎士はそんな俺を止めることはしなかった。

当然だ。たかが一介の騎士が俺を止められるはずがない。

「ここか」

薄暗い廊下の突き当りに部屋があった。ドアの隙間から僅かに光が漏れている。俺はノックもせずに部屋のドアを開けた。

「っ」

部屋の中には獣のように咆哮《ほうこう》をあげる男女がいた。女の方はユミルだった。

「な、何で」

がたがたと体が震える。みしりと音を立てて握っていたドアにひびが入った。

ユミルは男に強請り。顔は嬉しそうに赤く染めていた。無理やりじゃない。彼女は望んでこの行為を受け入れている。俺以外の男で喜んでいるのだ。

「あ、あ、あ、ああああああああ」

喉がはち切れんばかりに叫んで気がついたら俺は男をユミルから引きはがし、殴り殺していた。

「カ、カルヴァン、良かった。た、助けに来てくれたのね。私、待っていたのよ」

そう言って俺に触れようとするユミルの手を振り払った。

驚き、傷ついた顔をするユミル。傷ついているのはこっちだ。俺を裏切りやがって。

「他の男の手あかがついた手で俺に触るな！」

「何で、何で、何で、何でよ！　私、ずっと待っていたのよ。体中痛くて、でも誰も助けてくれなくて。いろんな男を相手にしたわ、だって、拒否権なんてなかったもの。それでもあなたが助けに来てくれるって、いつかはこの地獄から抜け出せるって信じて、信じて、待っていたのに」

さっきまで俺以外の男に触れられて喜んでいたくせに何を言っているんだ。この女は。頭がイカれてるんじゃないのか。

「男を作って俺から逃げておいて何を言っている」

ユミルに裏切られ、エレミヤに捨てられ、腹心だったフォンティーヌはスーリヤについた。俺にはもう何もない。俺は一人だ。もう、何も信じられない。

「二度と、俺の前に姿を見せるな。せめてもの情けで殺しはしない」

「ま、待って！　待ってよ！」

追いすがろうとするユミルを突き飛ばし、床に叩きつけた。手加減はしたので問題はないだろう。

呆然とする彼女を置いて俺は部屋を出た。

もう何も信じられなかった。

◇◇◇

カルラ視点

「かわいそう。捨てられてしまいましたね」

呆然とするユミルに私は近づいた。醜《みにく》い裸体を隠そうともしないユミルに不快感がせりあがって来たので、取り敢えずお腹に一発蹴りを入れておきました。

最近、痛みに耐性がついたみたいで、私が与えた傷のない痛みにもあまり反応しなくなってきて面白くありませんでした。

皇帝陛下の命令でここにユミルと罪人を一緒に入れて、いつものお仕事をさせていると、騎士が間抜けなカルヴァンを先導してくれたので全て上手くいきました。

唯一の希望を失ったユミル。絶望のどん底でもっと、もっと苦しめばいい。

あなたがお世話になった公爵家は私の家族を襲った賊《ぞく》と繋がりがあった。公爵は私の姉と母を奴《ど》隷《れい》として買い、道具のように殺した。

あなたが奴隷として可愛がっていたディーノは私の弟。見つけた時は驚いたけど、でも良かった。エレミヤ様が保護してくれた。奴隷から解放してくれた。

私とディーノは集落が賊に襲われた時、家族が守ってくれた。でも、逃げる途中でディーノとはぐれてしまった。何度、あの時の光景を夢に見たことか。

「……姉さん」

背後から近づいて、怒りで体を震わせる私を落ち着かせるように抱きしめてくれたのはあの時、失い、二度と取り戻せないと思った温もり。

「ディーノ」

「大丈夫、姉さん。もう、一人にしないから」

そう言ってディーノは私の涙を拭ってくれた。

「ありがとう、ディーノ」

もう二度と失わない。その為に私は私の悪夢を終わらせる。

ディーノのぬくもりを感じながら私は絶望に顔を染めるユミルを見る。

彼女は知らないだろうけど、私のおもちゃ箱には陛下がくれた公爵がいる。彼もユミルと同じように自殺防止と常に精神を正常に保つ魔法をかけてある。ああ、彼はユミルと違って狡猾だから喉は潰させた。

魔法で話せなくする方法もあったけど、それは嫌だったから。陛下にお願いして公爵の喉に大きな火傷を負わせた。その上で奴隷として売った。もちろん、私の目の届く範囲においてある。でないと楽しめない。

「そうだわ、彼女の顔を潰しましょうか」

見目の良い方が奴隷として高値がつくからそのままにしておいたけど、彼女は自分の美しさに執着している節がある。カルヴァンを籠絡《ろうらく》させたのも自分の美しさのおかげだと思っていたみたい。

馬鹿ですよね。

トカゲは番なら豚でもブスでも美人でも人間でも気にしないのに。

「顔に傷をつけましょうか。それとも焼いてしまいましょうか」

「ぎゃあっ」

恐怖に顔を引き攣らせて、這って逃げようとするユミルの腕と足をディーノが出現させた氷の刃で貫いた。床に縫い付けられた彼女は逃げられず、「あ、あ、あ」と意味のない言葉を発するばかり。

遂には失禁してしまった。なんて、だらしないのでしょう。ちゃんと躾《しつけ》をし直さないと。

「姉さん。傷を負わせて火で炙《あぶ》るととても痛いらしいよ。僕にも仕返し、当然させてくれるよね」

「ええ。もちろんよ。姉弟で楽しみましょう」

ああ、何て充実した人生でしょう。

◇◇◇

カルヴァン視点

「何だ」

イラつきながら王宮を出て、竜の姿になって飛ぼうと思った。竜の姿はかなり大きいので王宮の裏に行くように言われた。王宮の裏は障害がなく、とても広いので竜の姿になっても問題ないとのことだった。

騎士の案内で王宮の裏に到着し、すぐに竜の姿になろうとしたがなれなかった。

がくりと膝から崩れ落ちた。力がまるで入らない。

そのまま俺は地面に倒れた。意識はある。視界も良好。でも、声が出せない。指一本動かすこともできない。

「おい、さっさと運ぼうぜ」

「ああ」

一人だと思っていた騎士が、どこに隠れていたのか分からない程わらわらと出てきた。

そして一国の王である俺を乱暴に持ち上げるとそのまま麻袋にまるでものを突っ込むようにして入れた。

おそらくはそのまま馬車に入れられたのだろう。がたがたと揺れて、あちこち体をぶつけた。揺れが激しいので舗装されていない道を庶民が使う乗り合い馬車のような安っぽい馬車で移動しているのが辛うじて分かる。

一時間程すると馬車は停止し、俺は麻袋に入れられたまま担がれたようで、状況が全く掴めない。どこに連れて行かれたのかも、これからどこへ連れて行かれるのかも。

「あっらぁ。これが例の？」

「ああ。頼むぜ、ドクター」

「おまかせよ。例の薬は既にできてあるし。ノワちゃんって本当に恐ろしい子よね。まぁ、そこがいいのだけど」

麻袋の外から聞こえたのは女のような喋り方をしているが明らかに男と分かる野太い声。気持ちが悪いなと思っていると入れられた時と同様に麻袋から乱暴に出された。

もっと丁寧に扱えと睨みつけた後で俺は固まった。生まれて初めて見た人種がそこにいた。

金髪のおかっぱ。分厚い唇に真っ赤な紅をさしている。髭《ひげ》は生えている髭をそってはいるが僅かに青い。ドレスを着ているが分厚い胸板に俺の太ももよりも太い上腕二頭筋を持っている。どう見ても男だ。

「あっらぁ。二枚目ちゃんね。アタシの好みじゃないけど」

「っ」

声が出ないせいで喉が引き攣ったかのような悲鳴が口から洩れた。

「じゃあ、ドクター後はよろしく」

まて、置いて行くな。と、懇願するように俺は騎士を見た。だが、帝国の騎士は察しが悪いようだ。俺の訴えに気づかずあっさりと背を向けた。

「はいはい。じゃあ、僕ちゃん。アタシと楽しみましょうね」

「　　　　」

必死に訴えようとするが声が出ない。体も動かず、竜にもなれない。ドクターと呼ばれた女の姿をした男は俺の首元を掴んで部屋の奥へ行った。

そして何やら薬品を取り出し、俺の口に無理やり突っ込んだ。

飲みたくはなかったが、口に薬瓶を突っ込まれたせいで飲まざるをえなかった。味は想像を絶する不味さだった。どんなにお腹がすいていても口に入れた瞬間に吐いてしまうだろう。人が口にするものではない。

どくん。

心臓の鼓動が急に早まり出した。もしかして俺は毒を飲まされたのだろうか。

ドクターを見ると、彼？　彼女？　の瞳に不安そうな顔をした俺が映っていた。

「うふん。大丈夫よ。飲んだところで死にはしないわ。尤も、死んだほうがいっそのこと幸せかもしれないけどね」

「　　　　　　」

全身に猛烈な痛みが走った。体を掻きむしり、体を脱いでしまいたいと思えるような痛みだ。

これは死ぬのかもしれないと思った。

俺の意志に反して勝手に体が竜に変化し、筋肉という筋肉が固まっていく感じがする。まるで石のように体が重くなり、どんどん体温がなくなっていく感じがした。

これで死なないとどうして信じられるだろう。

苦しむ俺をドクターは楽しそうに観察する。まるで実験動物を観察する研究者のようだ。

◇◇◇

「これは素晴らしい」

「見たこともない。竜の剥製《はくせい》だなんて」

「本物かしら？」

「まさか、偽物だろ。それにしても黄金の竜か。是非、我が家に飾りたいものだ」

「その為にはオークションで落札しなくては」

何だ。何がどうなっているんだ。俺はカルディアス王国国王、カルヴァン・フロリアン・カルディアスだぞ。何で、その俺が魔族相手に競りにかけられている。

それに剥製だと？　ふざけるなよ。誇り高き竜族だぞ。俺は。こんなことをすれば外交問題になる。カルディアス王国が黙っていないはずだ。

けれど俺の意志を無視して、馬鹿どもは好き勝手な値段を俺につけていく。意識はあるのに声を出すことも動くこともできない。まるで本物の剥製になったみたいだ。

◇◇◇

「アタシの作った薬は成功の様ね」

アタシの名前はケビン・カトライナー。子爵家の次男坊。体は男だけど、心は乙女。趣味が高じて医者兼研究者をしているの。

何の研究かですって？　もちろん、お薬のよ。いろんな薬よ。人を助ける新薬から毒薬まで。幅広くやっているわ。今回のは新薬を作ろうとした過程で生まれた副産物の薬を改良して作ったの。

そのおかげでカルヴァン陛下は生きた剥製になったわ。誰もそのことに気づかないでしょうけど。普通ならそのまま衰弱死するでしょうけど、竜族って無駄に丈夫なのよね。だから少なくとも三十年は生きているんじゃないかしら。

可哀そう。

頑張ってね、陛下。国のことは心配いらないわ。だって、あなたの国はもうないもの。

## 十. 婚約

カルディアス王国は名前こそ残っているがテレイシアと帝国の属国となった。時期を見て改名はするだろう。そうなれば、完全にカルディアスは滅びる。

カルヴァンは現在行方不明となっている。

帝国を訪れた帰りに何があったのかは分からない。私は何も知らされてはいない。

ユミルに捨てられ、私にも捨てられて自暴自棄になって行方をくらませたという噂がある。

でも、私は。

私と一緒に優雅に庭園を散歩するノワールを横目で見る。

「何だ？　俺の顔に何かついているか？」

「いいえ」

「そうか。俺はてっきり、エレミヤが俺の顔に見惚れていると思って期待したんだが」

冗談か本気か分からないことを言うノワール。無邪気な子供のように笑う彼だけど、その本性が獰猛な獣であることを私は知っている。

だから疑わずにはいられない。彼がカルヴァンに何かしたのではないかと。

でも、聞いた所で教えてくれるはずもないし、そこは私が干渉できることでもないだろう。私の領分ではないのだ。

カルディアス王国は現在、ノワールの弟と私の二番目の姉が婚姻して治めている。

他国の王族が王位に就くことに反対はあったけど、カルディアス王国にカルヴァン以外の直系王族がいないことと、彼らは基本的に強さに群がるので、自分たちの武力だけではテレイシアと帝国の両方を相手取ることはできないと分かっているのでそこは簡単に諦めてくれた。

それに、私が密かに集めていた反乱軍と人手不足の為テレイシアから貸し出した人間の優秀さもあり、そこまで混乱しなかったようだ。蒔《ま》いた種が芽吹いて良かったと思う。

キスリングは母親のことがあるので帰国させた。公爵家は取り潰され、現在は騎士爵位だが何れは公爵家を復興させてフレイヤお姉様を支えてくれることを約束してくれた。

「エレミヤ、お前はどのような花が好きなんだ？」

「そうですね」

少し風が強くなって来たので私は靡く髪を押さえながら庭園を見つめる。

「すみれが、好きですね。小さくて、可愛いですし」

「すみれか。意外だな。薔薇《ばら》とか言うと思っていた」

「もちろん、薔薇も好きですよ。でも、派手さはなくともしっかりと地面に立つ小さな花に私は心奪われるのです」

「そうか。ならば、お前専用の庭園にはたくさんのすみれを植えよう」

ノワールの言葉に私は驚いた。

「私専用の庭園があるんですか？」

私の言葉に今度はノワールが驚いた。

「当然だろう」

そっと私の頬に触れて、ノワールは優しく微笑む。普段の獰猛な獣は鳴りをひそめ、そこには優し気に笑う青年が存在していた。

「すみれで埋め尽くされた庭園はきっと美しい。その時は一緒にそこでお茶でも飲もう」

「それはとても楽しそうですね」

「ああ。エレミヤ、あの時お前を見た時から俺はお前に惚れている」

「ノワール」

真っすぐに見つめてくる彼の視線が熱を帯びる。私は恥ずかしくて、俯《うつむ》いてしまいそうになったけど、彼の視線から目を逸らせなかった。

「だからこそ、お前を傷つけるものを俺は許さない。俺はカルヴァンとは違う。お前を傷つけはしない。愛している、エレミヤ。できたら、この先の人生もお前と共に歩みたい」

これはプロポーズだ。

正直、結婚や夫婦生活に夢や希望を持ってはいない。ただ、お互い尊敬しあえる生活が送れたらそれでいいと思っていた。

それは最初の結婚で破綻《はたん》した。

それは仕方のないことだ。彼には既に運命の番がいたから。なら、私の運命の相手は……。

考えるのは止そう。王族である私には無縁のこと。

私はノワールを見つめて自分の取るべき行動を考える。

彼は何を考えて私にプロポーズをしているのだろう。

カルディアス王国は手に入れた。ただし、それはテレイシアも同じ。私を手に入れることでテレイシアに対する人質にする？

お姉様は油断のならない人だ。だから私を手中に収めて牽制する。大枠はこれで間違いないだろう。なら、私のとるべき行動は……。

「私は正直、よく分かりません。男女間の愛情というものは私にとっては本の中にしか存在しなくて。あなたにそう言われても実感がまだ持てません。ただ、もし叶うのならこの先もあなたと共に歩んでみたいと思います」

お姉様は帝国を手に入れることを望んでおられる。カルディアス王国を手に入れてもテレイシアが優位に立てている訳ではない。

帝国を弱体化、もしくは手に入れることで初めて優位に立てるのだ。その為には私が帝国に嫁ぐ必要がある。ノワールに気に入られること。それが私のとるべき行動だ。

「エレミヤ、愛している」

そう言ってノワールは私に触れるだけの優しいキスをした。

ノワールは愚かではない。だから気をつけなければいけない。悟られてはいけない。

そこまで考えて私は心の中で自嘲《じちょう》した。

王族とは何と浅ましい生き物なんだろうか。

◇◇◇

『カルディアス王国の一件で手を結んだとはいえ、帝国は油断ならぬ。ノワールを籠絡し、意のままに操るか帝国の弱みを握って来い。テレイシアは帝国を手に入れる』

婚約前夜にテレイシアの女王より受けた密命だ。

ノワールが私に本気かどうか分からない。でも好意を抱いてくれているのは事実。これを上手く利用しよう。

有効で合理的。よく使われる手法だ。なのに、胸の中が……。

# 第二章　天然トラブルメーカー

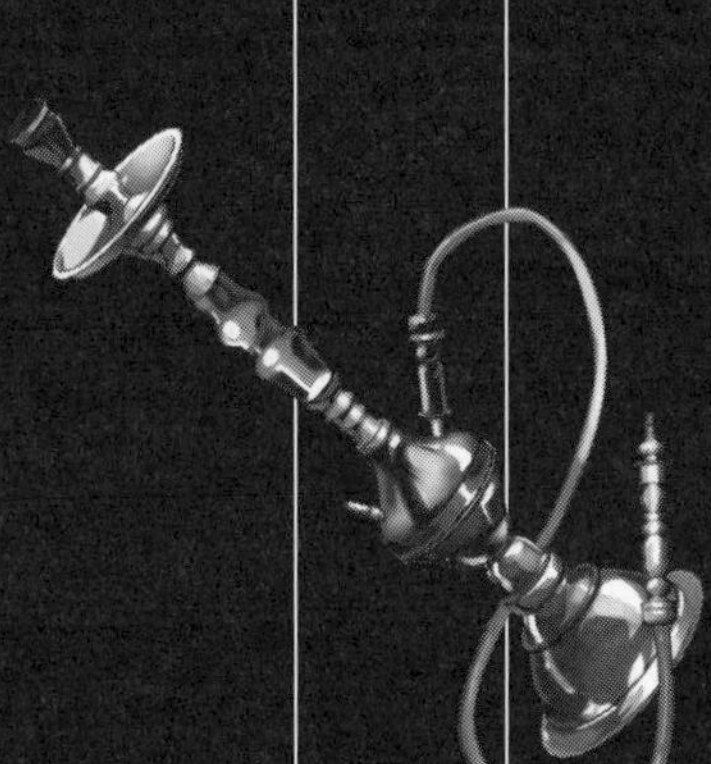

# 一．リーゼロッテとアウロ

私について来てくれたカルラ、ノルン、シュヴァリエ、ディーノは私が用意した制服に着替えてもらった。さすがにずっとカルディアスの服を着せるわけにもいかなかったからだ。

カルラとノルンは紺色の服を着ている。裾と袖が広がっている様式の服だ。

シュヴァリエとディーノは黒と白で配色された服だけど、金糸で刺繍《ししゅう》されていて少しお洒落ではあるが、決してチャラチャラした感じには見えない。

以前の服よりも首が詰まっているので慣れるまでは少し窮屈《きゅうくつ》に思えるかもしれないが、二人ともよく似合っている。

そしてノワールと婚約した私は規則に従って一年の婚約を経ての結婚となる。全てはお姉様の命令で帝国を手に入れる為だ。一年の間に私は帝国のマナーや文化、貴族の勢力図、歴史などを学ばないといけない。

すぐに結婚しないのはゆっくりと学ぶ期間を作る為の配慮でもある。

今日はノワールの家族と対面することになった。と、言ってもノワールの母親は既にこの世にいない。父親もノワールが弑逆《しいぎゃく》したのでいない。

なら誰に会ったかと言うとノワールの腹違いの妹。

金色の髪に黒い目。頭の真ん中に赤いリボンをつけた可愛らしい少女だ。帝国の特徴である褐色の肌をしていないのは彼女の母親が小国の王女の出だからだ。彼女は母親に似たようだ。

名前はリーゼロッテ。

「エレミヤ様、会えて嬉しいですわ。こんなに美しい方がお義姉様だなんて嬉しいわ」

と、リーゼロッテは友好的な笑みを見せてくれた。

そして彼女の母親、アウロ。

金色の髪に青い瞳をしていて、とても儚げに見える。とんでもない美人という訳ではないが、魅力的な女性だ。

「分からないことがあったら何でも聞いてね」

そう言ってアウロは私の手を自分の両手で包んだ。

ぎゅっと強く握られた手。私は頭一つ分大きいアウロを見上げる。彼女はとても心配そうに私を見ていた。

慣れない環境で暮らす私のことを心配しているとても優しい人なのだとその時は思った。

「はい。エルヘイム帝国に早く慣れるように頑張りますのでよろしくお願いします」

そう言って笑った私をアウロは更に心配そうに見つめた。

小国の王女がこんな大きな帝国の側室になったのだ。彼女自身、とても苦労したのだろう。

アウロの心配はそこから来ているのだと私は思った。

◇◇◇

「もういいだろう。挨拶は終わりだ。行こう、エレミヤ」

家族仲が良いようなタイプには見えないが、案の定ノワールは二人に対してどこか冷たい。

この挨拶も儀礼のようなものだったのかもしれない。本当なら会わせたくはなかった？

「もう、お兄様。美しいエレミヤ様を独り占めしたいのは分かりますが、私たちもエレミヤ様と仲良くしたいんです」

ぷくぅと効果音が聞こえてきそうな表情で頬を膨らませるリーゼロッテはあざとく見えるけど、どうも素のようだ。

「エレミヤ様、私に王宮内を案内させてください」

まるでハグを求めるかのようにリーゼロッテは両手を広げて私を待つ。

「えっと」

さっさとこの場から離れたがっているノワールに腰を抱かれているので私は動くことができない。

どうすべきか判断を仰ぐようにノワールを見ると彼は眉間に深い皺《しわ》を作っていた。

不快だと彼の顔が言っている。

けれどリーゼロッテはそれに気づいていないのか、敢えて無視をしているのか満面の笑みで両手を広げたまま私の返答を待っている。

「必要ない。王宮の案内は既にすませている」

「一回じゃあきっと覚えられませんわ。王宮内はとても入り組んでいますし」

「お前と違ってエレミヤは記憶力がいい。それに、彼女は私の婚約者だ。一人で行動することはない。常に侍女や護衛がついている。どこに不逞の輩がいるか分からないからな」

そう言ってノワールがちらりとアウロを見た。

彼女はその視線を何でもない顔で受け止めている。ただ儚いだけの女性ではないようだ。

「よって迷うことはない。行くぞ、エレミヤ」

「はい」

「お兄様、束縛が強すぎるとお義姉様に嫌われますわよ」

去り際に聞こえたリーゼロッテの言葉をノワールは鼻で笑い飛ばした。

◇◇◇

「ノワールは彼女たちのことが嫌いなの？」

部屋に戻った後、私は二人に対するノワールの態度が気になったので聞いた。

「エレミヤはあの二人をどう思った？」

「質問を質問で返すのね。別にいいけど。そうね。会ったばかりだから特に思う所はないわ。アウロ様は心配性で優しい方。リーゼロッテ様は少し子供っぽい、可愛らしい方かしら？」

「アウロについてどれだけ知っている？」

「小国の元王女ということぐらいしか」

小国の王女だからこそアウロに対する情報は少ない。リーゼロッテもあまり表には出ないから得られる情報は少ない。

「彼女の国はもうない。先帝、つまり俺の父親になるのだが。奴が滅ぼしたからな」

その情報には息を呑んだ。同時に彼女の態度に対する違和感を覚えた。

私を心配する気持ちに嘘はないように見えた。

恐らく、望んだ結婚ではなかっただろう。

自分の家族を殺し、故郷を滅ぼした帝国をアウロはどう思っているのだろうか。憎くはないのだろうか。

私はノワールを見た。

私の目の前にいるのは彼女の国を滅ぼした仇《かたき》の息子。そして先帝の側室であるアウロにとっては義理の息子でもある。

「得体が知れないだろう」

私の考えを読んだかのようにノワールが言う。

皇帝となった彼がアウロを追い出すのは簡単だ。でもそうしないのは得体が知れないから。

ノワールは敵を自分の傍に置くタイプなのだろう。

自分の懐に置いて、監視をして、出方を窺っている。

この国は先帝の悪政が続いた。ノワールが弑逆してから優秀な彼と彼の部下のおかげで情勢は落ち着きを取り戻している。

先帝を弑逆したノワールを国民は英雄視している。だからこそ、彼に反感を抱いている貴族たちは彼を簡単には排せないだけ。

「あまり近づくな」

「いいえ、近づくべきだわ。彼女は私に対して何らかのアクションを仕掛けてくるはず」

何か一物を抱えているのなら私を心配しているあの態度は演技になる。そう見せたのはノワールに対する自分は何もしないという意思表示なのか、何かする為に私を利用しようと引き込もうとしているのか。

「俺はお前を駒として利用するつもりはない」

王族の婚約には常に利害がつきまとう。だけど、それを表立って宣言することはない。ノワールにとって私は利用できる駒のはずだ。

彼の言葉は儀礼的なものだろう。ならばこちらも儀礼的な言葉で返そう。婚約者であるノワールを心配しているという体裁を整えた言葉がいいだろう。

「私はあなたの婚約者であり、次期皇后よ。なら、共に支え合い守り合うのは当然」

私の言葉がそんなにも意外だったのか彼はとても驚いた顔をしている。私には彼が驚く理由が分からなかった。先程の言葉はあくまでも儀礼的なもので本当は利用するつもりだったはずだ。彼ならば私が返す言葉ぐらい予想できたはずだ。

それとも本心だったとでも言うの？

私はそこまで考えてすぐに否定した。あり得ないことだったからだ。

「俺を守るというのか。ははは。そんなことを言った女はお前が初めてだな」

声をあげて笑うノワールに今度は私が驚いた。でもすぐに納得した。

普通の令嬢ならば庇護欲を誘うような言葉を返すだろうから、私のような返しをする者は彼の周囲にはいなかったのだ。

ならば私が儀礼的に返した言葉に驚くのは当然だ。やはり、彼は私を利用できる駒だと認識しているのだ。

『利用するつもりはない』これはやはり儀礼的な言葉だったのだ。分かっていたはずなのになぜか胸がずきりと痛んだ。

どうしてだろう。慣れない暮らしで疲れでも出たのだろうか。

「ヤバいな。どんどん、お前に惹かれていく」

笑うことを止めて真摯に私を見つめる彼の目に思わずどきりとしてしまった。

自然に、流れるようにそんなことを言うから私の顔は一気に赤くなってしまった。彼は本当に心臓に悪い。

落ち着きなさい、エレミヤ。私が誘惑されてどうするの。私が彼を誘惑しないといけないのよ。

私は深呼吸して、ドキドキと煩い心臓を宥めた。

「分かった。お前の好きにしろ。だが、無茶だけはするな」

「大丈夫よ。身を守る術は知っているし、私には優秀な護衛もついているから」

私の言葉に応えるようにノルン、カルラ、ディーノそしてシュヴァアリエが頷く。

「そうか。では、私の最愛の人を頼んだぞ。傷一つつけないように」

護衛に向けたノワールの言葉は命令であり、脅迫でもあった。傷つけたら、ただではおかないと。

パフォーマンスかしら？

彼の容姿でそのように言われたら普通の令嬢なら簡単に陥落するわね。

天然なのか、計算なのか分からないけど気をつけよう。ミイラ取りがミイラにならないように。

## 二．家族との交流

「それでねぇ、お兄様はね」

ノワールに家族を紹介された日から彼の妹であるリーゼロッテはよく私の元を訪ねるようになった。

私は帝国の文化に慣れる為に様々な予定が入っている。

その中で彼女との時間を設けるのは正直、大変だ。休憩時間を彼女とのお茶に費やすので最近、ちょっと疲れている。それに私はリーゼロッテよりもアウロと親しくなりたい。

まぁ、アウロとの時間も取れているので今の所支障はない。

それに最初から近づきすぎても警戒されるだけだ。アウロとは今のままの距離感がいいだろう。

「昔からお兄様はそうなのよ」

リーゼロッテは楽しそうにノワールのことを話す。

彼女の話はノワールのことばかりだ。

「リーゼロッテ様はノワールのことが好きなんですね」

私が微笑みながら言うと、リーゼロッテは頬を赤らめ、嬉しそうに頷いた。

彼女は気づいているのだろうか。自分が今、どんな顔をしているのか。

もやもやする。

まるで胸焼けでも起こしたみたいだ。

「腹違いと雖も私の大切な兄ですもの。お父様が亡くなられた時は悲しかったけど、私にはお母様もお兄様もいるから寂しくなかったわ」

帝国の先帝。悪政を敷いて、国民を苦しめた悪玉。ノワールに弑逆された皇帝。

歴史には先帝の名が刻まれるだろう。

戦争を好み、国民を蔑ろにした愚王として。

彼女はそんな先帝のことを知っているのだろうか。

私は会ったことがないから先帝がどのような方なのかは分からない。彼女に対して親として接していたのかも疑問だ。

「先帝陛下をお慕いしてらしたのですか？」

これは純粋な好奇心だ。

私の問いにリーゼロッテはきょとんとしていた。

「当たり前ですわ。だってお父様なんですもの」

何を当たり前なことを聞くんだという彼女の表情に嘘はない。純粋に先帝を『父親』というだけで慕っている。

これがアウロの娘だということに違和感しかない。

自分の母親の故郷を滅ぼした元凶でもある男を父として慕えるのだろうか。

アウロがそういうふうに育てたとも考えにくい。

「先帝陛下はどのような方だったんですか？　私は政治に関わる立場にないので噂程度しか知らないのです」

「お仕事がお忙しいせいで殆ど会うことはできませんでしたの」

仕事ではないだろう。

かなりの好色でもあったと聞くし、愛人や隠し子だけでも両手は軽くいくと聞く。

噂の中には愛人三十人以上なんて冗談ともとれるものがあるが実際はどうか分からない。それに政務にも積極的ではなかったと聞く。

ノワールや臣下にまかせっきりだったとか。

だけどリーゼロッテはそのことを知らないのだろう。皇女と言うのは王宮の奥で大事に仕舞われる。宝箱に入った宝石のような存在。

その宝箱の中でどのように己を磨くかで真価が問われる。彼女はただ仕舞われていただけなのだろう。

宝箱の中にいても出会える人はいる。その人間と切磋琢磨《せっさたくま》することもなく、情報を得ようとすらしてこなかった。

その結果、彼女は自分の父親の所業を知らない。世間知らずの王女の出来上がり。

リーゼロッテのことをどう思うかと以前カルラに聞いたことがある。

「純粋無垢で優しい方です」とカルラは答えた。

その時は「そう」と流しただけだったけど。今なら分かる。

褒めているとは思わなかったけど、あれはカルラの嫌悪感から出た言葉だということが。

カルラがどんな過去を持っているのか、どんな道を歩んできたのかは分からない。

ただ節々の言動から感じる。生半可な道を歩んで来てはいないこと。そう言った手合いはリーゼロッテのようなタイプとすこぶる相性が悪いのだ。


「ここでの生活はどうですか？」

リーゼロッテとのお茶会が終われば次はアウロとだ。

なかなかにハード。

「まだ慣れずに戸惑うことも多いです。学ぶことも多く、日々充実していますわ」

「テレイシアとは服装も違いますし、向こうでは確か箸なるものを使うとか」

よく知っている。

姉が女王になるまでは閉鎖的で決まった国としか交易していなかった。

帝国とは基本的にやり取りをしていなかった。だから、アウロがテレイシアについて知っているのには驚いた。

「よくご存じですね。外交に関わる者たちはナイフやフォークを使えるのですがそうでない貴族の中には使えない者も多いんです。お箸は二本の細い棒のようなものです。その棒にものを挟んで使います」

「私にはそちらの方が難しく思えますわ。テレイシアの方たちは器用なのね」

確かに。

生まれた時から使っているから分からなかったけどナイフやフォークを使うようになってから、特にこうして他国に行ってみて箸よりもナイフやフォークの方が簡単なような気がしたのだ。

「それにしても、あなたには同情するわ」

アウロは眉根を寄せる。テーブルの上に乗っている私の手に自分の手を重ね、包み込む。

「ノワールとは政略結婚なのでしょう」

王族なら当然だと思うけど。それにアウロだって政略結婚だ。私が哀れなら彼女もあわれということになる。

「番でもない相手と結婚させられるなんて」

その言葉、私には鬼門なのよね。もちろん、おくびにも出さないけど、そんなこと。

「辛いでしょう。やっぱり結婚するなら番じゃないとね」

そう言って笑うアウロはどこか不気味だった。

「私は人族です。人族には番という概念がありません。それに王族として結婚は義務と考えています。だから相手が運命の相手と呼ばれる人でなくても何も問題はありません」

私の言葉にアウロは目を見開く。私の言葉が信じられなかったのか、或《あ》るいは信じたくなかったのか。

「何を言っているの、エレミヤ様。番でないと幸せになれないのよ」

成程。見解の相違ね。

私は王族に生まれた時から結婚は義務と教えられた。相手が誰であろうと国の為なら結婚する。あのカルヴァンの嫁にだってなった。

そもそも幸せな結婚生活など期待していない。王族とはそういうものだ。

私は結婚に幸せを求める、そして番でないと絶対に幸せになれないと思っているアウロを見る。

「私の夫も私の番ではないの。だからとても辛かったわ。夫は私を愛してくれなかった。私も番ではない彼を愛することなんてできなかったわ」

そもそもアウロは亡国の王女だ。

帝国に滅ぼされ、先代皇帝が彼女を気に入ったから妻として迎えられたに過ぎない。そんな相手は番であっても愛せないだろう。

愛情に番であることは関係ないと思う。

「だから私、あなたの気持ちがとてもよく分かるのよ」

そう言ってアウロは私の手の上に自分の手を重ねる。労わるように彼女は私の手を撫でる。

「あなたは私と同じ。とても可哀そうだわ」

「……」

傷の舐め合いを望んでいるのだろうか。

まるでごっこ遊びのように私を心配する彼女に私がこれ以上何か言うことはなかった。

私を『可哀そう』だという彼女の目には少なからずこの国に対する憎悪が潜んでいた。

## 三．リーゼロッテのお願い

「エレミヤ様」

廊下を歩いていると黒い髪と目をした女性に呼び止められた。

「フィグネリア・コーク侯爵令嬢です」

耳元でカルラが教えてくれる。

「ごきげんよう、コーク侯爵令嬢」

フィグネリアはたくさんの取り巻きを連れていた。

「ごきげんよう、エレミヤ様。これから私たちみなさんでお茶をする所なの。エレミヤ様もいかがですか？」

にっこりと笑いかけてくる彼女は帝国で会った貴族令嬢の中で最も友好的な態度だった。

でもその容姿のせいかとても妖艶《ようえん》にも見える。

「ありがとうございます。けれど、ごめんなさい。これから歴史の授業なの」

「そう。残念だわ。ねぇ、みなさん」

「はい、とても」

「せっかく、仲良くなれると思いましたのに」

「申し訳ありません」

彼女の周りにいる令嬢たちも本当に残念そうに、口々に言う。

「次期皇后様となると学ぶことも多く、大変ですわね。ましてや他所の国から嫁がれるとなると文化も違いますし」

「そうですね。けれど、知らないことが知れるのはとても嬉しいことですわ」

私の言葉にフィグネリアは笑みを深める。

「次期皇后様は勤勉なのですね。さすがですわ。ねぇ、みなさん」

「はい、とても」

「素晴らしいことですわ」

「申し訳ありませんがこれで失礼します。機会がございましたら、また誘ってくださいね」

「ええ。今度ご都合のよろしい時に是非」

ここでフィグネリアとは別れた。

背後から楽しげな声が聞こえてくる。

「とても社交的な方ですね」

ノルンの言葉に私は同意する。

たくさんの取り巻きを連れて城内を我が物顔で歩く彼女の思惑は分からないけど。

自分の権力を見せつけるためか、或いは何か別の意図があるのか。

侯爵家ともなると周囲に集まるのは本心から慕ってくれるものばかりではない。花の蜜《みつ》を全て吸い取ろうとする虫だっているのだ。彼女たちは私に対しても同じことをするだろう。

気をつけなければ。

◇◇◇

「エレミヤ様、お願いがあるの」

いつものようにリーゼロッテが私の部屋にやって来た。

ノワールと婚約した私と頑張って親しくなろうとしている。だからって毎日来られても困るけど。

「お願いですか？」

「実はね、私の友達の友達の様子がおかしいの」

それって他人じゃん。

「私の友達はとても心配しているの。それで、ちょっと様子を見に行こうと思うんだけど、一緒に来て欲しいの」

「リーゼロッテ様が様子を見に行かれるのですか？」

「そうよ。だって、心配じゃない」

「リーゼロッテ様の友達が行かれた方がいいんじゃないでしょうか。リーゼロッテ様はその方と親しい訳ではないのですよね」

「ええ。でも、私の友達も最近、体調を崩しがちなの」

頬に手を当ててリーゼロッテは心配そうにため息をつく。

だからって、どうして私が一緒に行かなければいけないのだろうか。リーゼロッテの友達の友達って。彼女ですら他人なのに。私だと余計に関係ない気がする。

「それで私が代わりに様子を見に行こうかと思って。私の友達がとても心配してたので」

「私が一緒に行く意味がありますか？」

「私も最初は一人で行こうと思ったのよ。でも」

そう言ってリーゼロッテは後ろに控えている護衛を見る。黒い髪に黒い目をした顔の整った青年だ。

彼の名前はシャーブラ・オストレア。

「シャーブラがダメだって」

頬を膨らませてリーゼロッテは抗議をする。

シャーブラが許可を出さなかったのは相手が友達の友達という関係だからだろう。

リーゼロッテは王女だ。気軽に王城から出ることは許されない。

それに王族が私的に一貴族の家を訪ねれば、王族のお気に入りというお墨付きが得られるようになる。そうなると事業を興す時にも有利になる。

誰がどういう状態で利用するか分からないのだ。それにノワールは皇位を継いだばかりで情勢が安定している訳ではない。そういう時はだいたい皇族の命が狙われるのだ。

自分たちが苦しいのは、自分たちが苦労しているのは皇族のせい。ということで命を狙われやすい。

あまり出歩かない方がいいだろう。

「だからエレミヤ様も一緒に行きましょう」

「は？」

意味不明だ。どこでそういう話になるのだろう。

だいたい知らない人が来ても迷惑なだけのような気がする。

結局、「うん」と言うまで食い下がって来たリーゼロッテに根負けした結果、私は彼女の友人の友人というユリアンヌ・ジョーンズ子爵令嬢の元へ行くことになった。

ところが、訪問当日にリーゼロッテが体調を崩してしまい私一人で行く羽目になった。

事前に訪問の約束を取り付けているのでドタキャンでは相手に失礼に当たる。

私はディーノとシュヴァリエを連れて行くことにした。

「エレミヤ様に心配していただけるなんてとても光栄です」

出迎えてくれたユリアンヌの父親、ジョーンズ子爵は揉み手で私の訪問を喜んでくれた。

リーゼロッテの話では彼女は情緒不安定でここ最近は部屋に閉じこもっているそうだ。

この父親からはそんな娘を心配しているという感じは受けない。

ただ単に娘に興味がないのか。貴族の家庭では珍しいことではない。

女は家の利益の為に嫁ぐ道具。男は家の私財を潤沢にする為の道具。家族愛というのがとても希薄なのだ。

「私はリーゼロッテ様の代理で来ただけですから。とても心配しておられました」

「皇女様に心配していただけるなんて有難いことです」

ジョーンズ子爵から出るのは権力者に対する諂いばかり。ユリアンヌの部屋に行く道すがら彼女の状態について聞いているが、とても退屈な時間だ。

「皇女様やエレミヤ様にまで心配をかけるなんて本当にどうしようもない娘です。娘は大したことないんです。この年の娘は多感で、どうせすぐに良くなるとは思うんですけどね」

会話の中で分かったことは子爵が娘に対して何の情報も持ってはいなかったということ。

奥方は昨年、病気で亡くなっていると聞いている。

そんな娘に対して配慮できる邸とは思えない。これでは、娘の今の状態も納得できるというものだ。

多少の精神的治療は必要だろうが、こちらにできることは何もない。時間が解決するのを待つだけのような気もするが、会ってもみないうちからの判断は止めておこう。

「こちらが娘の部屋になります」

ジョーンズ子爵は軽くノックをして部屋に入る。私もその後に続く。

「っ」

部屋に充満する異様な匂いに私は思わず足を止めてしまう。

「この匂いはなんですか？」

匂いの発生源は床頭台にある私の国にある急須のような形をしたものだ。そこから出る煙が匂いを発生しているようだ。

ジョーンズ子爵は不快そうに鼻をつまんでいる。

「全く理解に苦しみます。あのようなものが今社交界で流行っているとか」

本当に流行っているのかしら？

アウロやリーゼロッテの部屋からもこんな異様な匂いは感じたことがない。

「ジョーンズ子爵、すぐに窓を開けて部屋の中を換気してください。エレミヤ様はすぐに部屋の外へ。ディーノ、結界でエレミヤ様の周囲を囲め」

シュヴァリエの指示と同時に私はディーノに腕を引っ張られ、部屋から引き離された。

「な、何ですか、急に」

シュヴァリエの指示にジョーンズ子爵は戸惑いが強いせいで動けずにいる。

「彼は私の専属護衛、シュヴァリエです。信頼できる男です。すぐに指示に従ってください」

「し、しかし、これがないと娘は暴れるんです」

「依存しているんですね。続ければもっとひどい目に遭いますよ。これは違法薬物です」

「い、違法！　そ、そんなもの」

「早く指示に従ってください。でないとあなたは未来の皇后であるエレミヤ様に害をなす薬物を吸引させたことになります。この事実に陛下がどう動くかは言わなくても分かりますね」

「は、はいぃぃっ」

ジョーンズ子爵はすぐに窓を開けて、床頭台の上にあるものを処分した。

ジョーンズ子爵が最初に言った通り、ユリアンヌは暴れたがシュヴァリエがそれを押さえ、気絶させた。

枯れ枝のような髪に落ちくぼんだ目。手足はガリガリでまるでスラムの子供のようだ。

これでよく大したことがないと言ったな。と、私は思わずジョーンズ子爵を見る。ディーノも同じことを思っていたのか戸惑っているジョーンズ子爵を呆れた目で見ている。

完全に部屋が換気されたのを確認するとディーノが結界を解いた。

「シュヴァリエ、それは何？」

「アヘンです」

「ア、アヘンだってぇっ！」

ジョーンズ子爵は容量オーバーを起こして倒れてしまった。

「貴族の令嬢が一体どうやってそんなものを手に入れたのかしら」

「入手ルートは本人に聞くのが一番早いでしょうが、すぐには無理でしょうね。回復を待ってからでないと」

「流行ってるって、そこののびている男が言っていた」

ディーノはジョーンズ子爵を足でつつきながら言う。

「それについては陛下に聞きましょう。私は王宮に戻って応援を呼んでくるからシュヴァリエはそれまで待機。二人を見張っておいて」

「分かりました」

「ディーノは私の護衛で王宮に戻るわよ」

「ああ」

私は部屋の中で死体のように眠っているユリアンヌを見る。

何だか目に見えない何かが背中をよじ登ってきているような嫌な感じがする。

「エレミヤ様」

「何でもない。行きましょう」

ディーノに促されて私はジョーンズ子爵邸を後にした。

## 四．アヘン中毒者

部屋にかなり匂いが充満していたせいで私のドレスにも匂いがついたみたいで、使用人たちに異様な目で見られてしまった。

私はすぐにノワールの元へ行き、事情を話してジョーンズ子爵邸に人を向かわせてもらった。

「アヘンが流行っているんですか？」

「貴族令嬢の何人かにたまにそういうのが出るって程度だな」

箱入りで育ったせいで危機管理能力の低い貴族の令嬢が刺激を求めた結果、危険薬物に手を出してしまう事例はないこともない。

お金があり、ストレスの多い生活を送っている貴族がそこから逃れようと麻薬に手を出した事例だってある。

恐らく、その範囲の出来事なのだろう。

だからノワールたちもそこまで危険視していない。

ジョーンズ子爵は流行っていると言っていたが、娘がそう言ったのだろう。男である彼が流行に疎いのは仕方のないことだし、それに関わりがなければ匂いだけであれがアヘンだとは思わない。

娘にもあまり関心がないようだし、大人しいのであれば放置するのも当然。何も不自然なことはない。

「そういえば、シュヴァリエはよくあれがアヘンだと分かったわね」

陛下が人を数人ジョーンズ子爵の元へ向かわせたのでそれと交代するようにシュヴァリエは戻ってきた。

私は報告を終え、匂いがついてしまったのでノワールの執務室を出た後すぐに入浴をすませた。

入浴が終わる頃にシュヴァリエは戻ってきたのだ。

「カルディアスで何度か摘発したことがあります。それにアヘンなどの依存性の高い薬物はよく奴隷の調教に使われますから」

まぁ、あれだけ貴族の腐った国だ。横行していない方がおかしい。

「エレミヤ様、ドレスはどういたしましょう」

ノルンの手にはアヘンの匂いがついてしまったドレスがあった。

「証拠品として陛下に提出しておいて」

「畏まりました」

◇◇◇

ユリアンヌの件を報告してから数日後、いつも通り授業を終えて休憩がてら中庭に向かっていた時だった。

「エレミヤ様、アヘンをしていたというのは本当ですか！」

王宮で働く多くの人がいる廊下の真ん中でそんな言葉が響いた。

誰もがぎょっとした顔で私を見る。

私も咄嗟《とっさ》のことで思考が一瞬停止してしまった。

「エレミヤ様」

心配そうに私に駆け寄り涙目で問うてくるのはリーゼロッテだった。

彼女の先程の言葉の部分には大事な部分が抜けている。その状態でそんな涙目で祈るように胸の前で手を組んで私に問いかける様は周囲に勝手な誤解を与えるには十分だった。

ぎりっと奥歯を噛み締め、怒鳴りそうになる自分を律した。

王女の嗜《たしな》みとして笑顔を取り繕う。

「リーゼロッテ様、言葉には気をつけてください。それではまるで私がアヘンをしていたように聞こえます」

「ふぇ？」

きょとんとした顔をするリーゼロッテ。目をぱちくりとさせあろうことか「していたんですか？」と聞いてくる。

ぶん殴ってやろうかと思った。

「私はアヘンなどしていません。あなたの頼みで訪問した際にアヘン中毒と思しき症状の者を発見しただけです」

「そう！　それを聞きたかったんです。本当なんですか？」

自分の発した言葉の意味をまるで理解していない。

ちらりと周囲を見渡すと私を見ながらひそひそと話す臣下が複数人いた。まずいと思った。

「どうなんですか？」

周囲の様子に全く気付いていないリーゼロッテにいら立ちが増す。

それに幾ら他人のこととは言え、こんな大勢の人の前で話す内容でもない。アヘンに手を出した彼女が確かに悪い。だからってこんな場所で貶めるような発言や問答はしてもいいという訳でもないだろう。

心配のあまりそこら辺の配慮ができていないのは彼女を見ればわかる。

けれどそれは皇女として致命的だ。

イノシシと同じね。目先のことしか見えず、それを目的に突っ走ることしかできない。こんなのが私と同じ国を背負って生まれた姫だなんて。侮辱もいいところだわ。

「なぜ、私に聞くんですか？」

「えっ？　だって、エレミヤ様が会いに行かれたのですよね」

「私は見聞きしたことを陛下に報告しただけです。実際にどうだったかまでは知りません。そこは私の管轄ではないので。真実を知りたければ陛下に聞いてください」

「エレミヤ様は心配ではないのですか？　お友達なのに」

私の友達じゃない。

「このような場所で無闇にしていい話題ではないと思います。それでは用事があるので失礼します」

中庭に行く気も失せたので私は来た道を戻ることにした。

部屋に戻ってこれからのことを考えないといけない。

最悪だ。あの皇女。本当に、最悪だ。

◇◇◇

私は部屋に戻り、マクベスにアヘンについての情報収集をお願いした。

マクベスはカルディアスで私が王妃だった時に私を殺しに来た暗殺者だった。金で雇われていた彼に忠義はなく、とても有能なので私が勧誘して今は専属の間諜《かんちょう》となっている。

「エレミヤ様、お茶を淹れました」

「ありがとう」

ノルンが私を心配してお茶を持ってきてくれたので飲んで心を落ち着かせる。

リーゼロッテのせいでこれからは変な噂が出回るだろう。真実かどうかは重要ではない。これは私を今の座から引きずり下ろす絶好の機会となる。

自分の娘をノワールの婚約者にしたい連中は幾らでもいる。虎の威を借る狐はいつだって手ぐすね引いて待っているのだ。

私はまだ帝国に来て日が浅い。地盤が固まっていない段階で今日のことはかなりの痛手だ。早めの対処が必要だろう。

わざとだろうか。

リーゼロッテがノワールに好意を寄せているのは誰の目から見ても明らか。私を陥れ、自分がその座に就くつもりだろうか。

或いはノワールが画策している？

リーゼロッテは王族とは思えないぐらい純粋で愚鈍。意図してあのようなことができるタイプではない。だからこそ厄介なのだが。

カルディアス王国を手に入れる為にお姉様とノワールは手を組んだ。現在のカルディアス王国には二番目の姉であるフレイヤとノワールの弟が治めている。けれど、私たちは仲間ではない。国の利益の為なら容易く手の平を返す。

カルディアス王国では利害が一致したに過ぎない。

仮にノワールとお姉様が本当の友人であってもそれは変わらないだろう。王族とはそういう嫌な生き物なのだ。

『カルディアス王国の一件で手を結んだとはいえ、帝国は油断ならぬ。ノワールを籠絡し、意のままに操るか帝国の弱みを握って来い。テレイシアは帝国を手に入れる』


それが姉の望み。

……もしかして、バレてる？

証拠がないからリーゼロッテを使って私を破滅させる気だろうか。

「殿下、あまり考えすぎるのは良くないですよ」

視線を上げるとシュヴァリエがとても心配そうな顔をしていた。ノルン、ディーノも。カルラはよく分からない。無表情だから。カルラは私の侍女だけどノワール側の人間だ。もしかしたら、彼女から何らかの情報がノワールに漏れている可能性はある。

だからと言ってカルラを私の侍女から外すことはできない。何かありますと言っているようなものだ。カルラの前では情報が漏れないように気をつけなければ。

「そうね。ここで憶測ばかり並べても仕方がないわね」

優雅さに欠けるけど気合を入れるためにノルンが淹れてくれたお茶を一気に飲み干した。

「さて。では行動開始といきましょうか」

「「「はいっ！」」」

◇◇◇

ノワール視点

「最悪なことになったな。全く、やってくれる」

部下から報告は受けていた。

廊下で俺の義妹、リーゼロッテがエレミヤに「アヘンをしていたのか」と聞いた。

彼女は恐らくこう聞きたかったのだろう「エレミヤ様、ユリアンヌがアヘンをしていたというのは本当のことですか」と。

だが気が急いていたのだろう。

最悪なことにリーゼロッテは聞きたいことだけを抜粋して聞いた。しかも衆人環視の目がある廊下のど真ん中で。人が最も多い時間帯に。まるで狙ったように。

ぎりっ。と奥歯を噛み締める。

エレミヤはすぐに否定し、リーゼロッテが何を聞きたかったのかを周囲に知らしめてから答えたそうだが、廊下の真ん中で子爵とはいえ貴族の一員を貶めることもできず、詳細は避けて簡単な受け答えだけをしてその場を去った。

彼女の行動に間違いはなかった。本来なら廊下のど真ん中でする話ではない。

ましてやエレミヤは来たばかり。

帝国貴族との繋がりはまだ希薄で、これから強めていこうとしている最中。現に彼女主催のお茶会が何度か開かれ、彼女自身も招待されたお茶会には必ず出席していた。

まだ出方をお互いに窺っている最中で今回の件はかなりの痛手だ。

現に俺の元にエレミヤとの婚約解消の話が持ち上がってきている。代わりに自分の娘を差し出す貴族も増えつつある。

「くそっ」

どんっ。と、机を拳で叩いた所で気など晴れない。

「落ち着いてください、ノワール陛下」

側近のジェイがお茶を淹れて俺の机の上に運んでくる。

「分かっている」

自分でも気が立っている自覚があるのでお茶を一気飲みして何とか精神を落ち着かせようとした。

あまり効果は期待できないけど、しないよりはましだ。

「エレミヤの様子は」

「平然と振る舞っておられます。ご自分でも情報収集を始めていますね。タフな方です。普通の令嬢なら人目を気にして部屋に引きこもってしまいますよ」

「そうすれば噂に信憑性《しんぴょうせい》を与えるだけだとあいつはよく知っているからな。噂で人は殺せる。あいつ自身、噂を駆使していろいろしてきていたからな」

俺はジェイが上げた報告書に目を通す。

「エレミヤに手を出した馬鹿どもは処分しておけ」

「よろしいのですか？」

「侍女の分際でありながら仕える主に害をなす無能は俺の城に必要ない」

「畏まりました」

専属の侍女ではないが、エレミヤにはたくさんの侍女をつけている。

部屋の掃除や衣裳部屋、宝石などの管理をするのにノルンやカルラだけでは足りないからだ。

王宮内でエレミヤがアヘンをしているという噂が出回ってから何を勘違いしたのか侍女の中にはエレミヤに悪戯という名の嫌がらせをしようと考える馬鹿がいた。

その殆どが実行される前に彼女の護衛や侍女に防がれているので実行はされていない。普通の令嬢なら気づかないだろうが、エレミヤは恐らく気づいている。

侍女や護衛たちが未然に防いでくれているので気づかないふりをしているだけに過ぎない。

「エレミヤの周囲の護衛を強化しておけ」

「御意」

◇◇◇

私に嫌がらせをしていた侍女（ノルンやカルラが事前に防いでくれていたので被害は出ていない）がクビになった。

ああいう侍女は帝国の品位が疑われる原因になるので解雇されるのは当然だろう。別にそこはいい。気にしない。自業自得だと思っている。

今、一番気にしないといけないのは私についている護衛ね。人数が増えている。

どこに行くにしても付き纏うし、かなり厄介だわ。もしかしてバレた？

まだ何も行動は起こしていないけど。そうなると厄介ね。どうしよう。

「エレミヤ様、この度は娘がとんだ迷惑をかけてしまい申し訳ありません」

私は意識を現実に戻す。

私の前にはアウロがいた。彼女がリーゼロッテの為出かしたことで直々に謝りに来たのだ。普通はリーゼロッテが来るものだけど。彼女にそこまでの常識を期待するのは酷というものだろうか。

アウロは申し訳なさそうに眉尻を下げている。さて、これは本心からの謝罪だろうかと私は考える。

リーゼロッテの件、アヘンの件、ノワールの件に加えてアウロまで加わるとなかなか大変だ。そこまで思考が飛んで初めて気が付いた。

もし本当にノワールが気づいていたら私の今の状況ってまさに四面楚歌《しめんそか》じゃない。

かなりヤバイわね。

でも不確かな情報のままお姉様には報告できない。つまり助けが呼べない。一人でこの状況を何とか打開しないと。

「リーゼロッテ様は随分と自由にお育ちになってるのですね」

私はにっこり笑ってアウロにそう返した。彼女なら通じるだろうか。王族に必要な教育ができていないと皮肉っていることに。リーゼロッテには通じないだろう。

「皇女として我が強いのはいいことなんですけど、どうもそこを通し過ぎる節があるようで。本当に困ったことだわ」

アウロはおっとりと微笑んで首を傾ける。

私の言葉が通じない上に受け流した。小国とは言え元王女。リーゼロッテよりかはできるようだ。比較対象が悪すぎる気がするが、そこは置いておこう。

「本人に悪気はないのです」

「存じておりますわ、アウロ様。けれど悪意なき悪意というものは存在します。そしてそれは意識していない分とても厄介ですわ」

「ええ、分かっております。この件に関しては任せていただけないでしょうか」

私は紅茶を飲もうとした手を止めてアウロを見る。

アウロは私に優しく微笑みかける。

「帝国に来たばかりのあなたでは伝もなく辛いでしょう。それにこれはリーゼロッテの責任。親である私が代わりに事態の収拾に努めます。あなたはその間、お部屋でのんびり過ごしてはいかがでしょう」

善意ある提案に見える。不名誉な噂が飛び交い、傷ついた令嬢ならば喜んで飛びついただろう。腹をすかせた野良犬や野良猫のように。

冗談じゃない。

「いいえ、アウロ様。折角の申し出ですがお断りします。私はノワール陛下の婚約者。何れはこの帝国の国母になります。この程度、自力で収めなくては恥ずかしくて彼の隣に立つことなどできません」

アウロが上手く収拾できたとしても私は一人で問題を解決できない無能な娘というレッテルを貼られるだろうし。気弱な娘だと思われたらすぐにでも貴族は私を喰って婚約者に成り代わろうとするだろう。

部屋に籠《こも》ればアヘンの噂に信憑性を持たせてしまうかもしれない。何よりもこういった手合いのものは人に任せると碌《ろく》なことにならない。

それに任せられる程私は彼女を信用していないし、信用できる程度に彼女のことを知らないのだ。

「そうですか、出過ぎたことを言いました。ごめんなさいね」

もう少し粘って来ると思ったけど予想に反してアウロはあっさりと身を退いた。

「お心遣いに感謝いたします」

アウロの件もノワールの件も暫くは様子見をしよう。

◇◇◇

リーゼロッテ視点

「リーゼロッテ、最近エレミヤのことで良くない噂を聞くの」

お母様が心配そうに眉を寄せて私に言ってきた。

「良くない噂ですか？」

「そう。何でもアヘンをしているとか」

「そんな！　あり得ません」

お母様の言葉を私は即座に否定した。だって、エレミヤ様はお兄様が選んだ大切なパートナー。何れはこの国を背負って立つ人だ。

そんな人がアヘンなんかするはずがない。

「エレミヤ様は何れお母様のように皇后となるお方です」

自分で言いながらなぜかずきりと胸が痛んだ。

どうしてだろう。

お兄様の横に立っているエレミヤ様はお兄様に相応しい方だと思うのに。そう思う度に胸が痛む。何かの病気かもしれない。後で医者に相談してみよう。

「ユリアンヌ嬢。あなたがご友人から相談を受けて様子を見に行った。彼女がアヘンをしていたそうね」

「はい。私は残念ながら体調を崩して行けませんでしたけど、代わりにエレミヤ様が行ってくださいました」

「彼女の部屋にはアヘンが充満していたとか。つまり、エレミヤも少なからずアヘンを吸引したということよね」

お母様の言いたいことを察した私は顔を青ざめさせた。何てことだろう。

「アヘンは依存性の高い違法の薬物。どのくらいエレミヤが吸引したか分からないけど」

「そのせいで、アヘン中毒に？」

「可能性はあるわね」

私のせいだ。

私がエレミヤ様を行かせたから。エレミヤ様は関係なかったのに。彼女とちょっとお出かけをしてみたくて、でも皇女という立場上気軽に出かけることはできない。

まして一緒に行動するのが次期皇后だとなると余計に。

だけどお友達の邸に行く程度なら簡単ではないけど許可を貰いやすい。

だからエレミヤ様にその話を持ち掛けた。お優しいエレミヤ様はスケジュールの都合をつけてくれたのに。私が体調を崩したばっかりに一人で行かせてしまった。

あの時は朝食の時までは元気だった。でも、朝食を終えたあたりから気分が悪くなったのだ。

数日寝込めば治ったので医者は疲れが出ただけだと言っていた。

「わ、私、すぐにエレミヤ様のところに行って、治療を勧めてきます」

「その方が良いかもしれないわね」

善は急げだ。

私はすぐに部屋を出てエレミヤ様の元へ向かった。

◇◇◇

「馬鹿な子ね」

部屋を出て行った娘を見送って、私は一人呟く。

我が娘ながら本当に愚かだ。

意図的にそういうふうに育てたのは私だけど。

リーゼロッテは私が意図的に作った純粋無垢な子供。汚いものを徹底的に排除して、綺麗なものだけを見せ続けて出来上がったのが彼女だ。

「ねぇ、そうは思わない。フィグネリア」

私が声をかけると部屋の奥から黒髪、黒目の妖艶な少女がでてきた。

この国には黒髪、黒目の子が多い。この国の特徴だ。

最近は他国から来た人と結婚することも多いので金髪やら茶髪やらも増えてきてはいるけど、貴族は殆どが黒髪、黒目だ。

特に利益の為に身分の釣り合った者と結婚する貴族には。

「純粋無垢で可愛らしい子だと思いますよ、私は。ところでこのお茶、何も入ってませんよね？」

リーゼロッテがさっきまで座っていたソファーに腰かけながら新しく淹れたお茶を見てフィグネリアは聞く。

「あなたじゃないんだから」

「あら。娘に一服盛って数日寝込ませたのは、どなただったかしら？」

フィグネリアの言葉に私は笑みを深める。

「医者の手配、助かったわ。あの子は本当にただ体調を崩しただけだと思っているの。馬鹿な子よね。きっとノワールやエレミヤだったら口に含んだ瞬間に毒があるって分かったでしょうけど。あの子は疑うことを知らないから」

「そういうふうに育てたのでしょう」

「そうね。でも、気づこうと思えば自分で気づけた。現状に流され、それを怠ったのはあの子よ」

「あなたはとても恐ろしい人です」

## 五．デート

思った通り、私がアヘンをしているという噂が出回っている。さて、どう動こうかと思っている時にノワールに呼び出された。

ノワールは私の敵。もしかしたら私の目的を知られているかもしれない。

緊張で汗ばむ手を握り締めて私は一度目を閉じる。気持ちを落ち着かせ、いつもの微笑みを浮かべる。

ノワールの部屋に入ると彼はいつも通り執務に追われていた。

「すまんな、少し待ってくれ」

執務の区切りが悪い様で私は側近のジェイが淹れてくれたお茶を飲みながらノワールを待った。

ノワールの机は書類まみれ。部屋には本棚があり、難しい本や何かの資料も収納されていた。

「悪いな」

仕事に区切りをつけたノワールが私の前に座る。

「明日、何も予定は入っていなかったな」

「はい」

「城下に行かないか？」

急なお誘いで驚いた。

王族は視察以外では城から出ない。欲しいものがある時は行商を城に呼びつけて買うから出る必要がない。

護衛の問題もあるので出ると大変なのだ。ましてや王族とその婚約者が出るなどあり得ない。

まぁ、ノワールはお忍びで他所の国に行くぐらいだから良い意味で常識が通じないのかもしれないけど。

「ずっと城の中にいるのも退屈だろ。お前に帝国がどういう所か知ってもらいたいんだ」

私もいつかは皇后としてこの国の民を背負う立場になる。だから自由に動ける婚約者の間に市井に触れ合えと言うことかしら。

アヘンのこともあるし、市井の様子を見てみたいとちょうど思っていた所なのよね。どうやってノワールに言おうか迷っていたけど誘ってもらって良かった。

「分かりました。楽しみにしております」

「ああ」

◇◇◇

そして翌日

「ノワールと出かけることになったから準備をお願い」

「デートですね、分かりました」

「デ、デ、デ、デ、デ、デートなんかじゃないわよ！」

ただの視察。アヘンの調査も兼ねて行くのだ。それをデートだなんて何を言っているのだ。

「た、ただの視察よ」

思わず動揺してしまったので私は扇で口元を隠して、平静を装って答えた。

ああ、恥ずかしい。

ノルンがおかしなことを言うから慌てちゃったじゃない。

城下に下りてもおかしくはない服を着て、カルラにガーネットの装飾品をつけてもらう。私は鏡でカルラが選んだガーネットの装飾品を確認する。

花の形をしたガーネットの装飾品は主張は控えめだけど可愛くて気に入っている。

そういえば、ノワールの贈り物はガーネットやルビーが多いわね。後はアレキサンドライトや黒曜石もある。

ノワールは宝石もドレスもこまめに贈ってくる。カルヴァンの時は贈り物は一切なかったから最初は少し戸惑った。まぁ、あれは常識のない夫だから参考にはならない。きっとノワールの方が婚約者として正しいあり方なのね。だとしたら世の男性は大変ね。こんなにこまめにプレゼントをしないといけないなんて。

私は女で良かった。

「エレミヤ様、陛下がお見えです」

シュヴァリエがノワールを部屋に通した。ノワールも私と同じように城下用に質素な服を着ていた。見慣れていなくて新鮮だ。

それに結構似合っている。見た目、粗野な所があるからか。ちょっと顔が整い過ぎているのが難点だけど城下には溶け込めそうだ。

やっぱりイケメンは何を着ても似合うのね。

「エレミヤ、よく似合っている」

「っ。あ、ありがとう。ノワールも似合っているわ」

どきっとしてしまった。これは別にときめいたわけではない。イケメンから褒められたら誰だってどきっとなる。

それに私は姉の命令でエルヘイム帝国を手に入れる。ノワールの国を。私はノワールの敵なのだ。だから私が彼に本気になることはない。

そう思うと心の中がもやもやする。でも、今感じているのは全て錯覚だ。任務を終えたら何も感じなくなる。カルヴァンの時と同じだ。

った。

「ええ」

ノワールが私をエスコートするために手を差し出す。私は彼にエスコートされながら城下に向か

「では行こうか」

った。

気持ちを切り替えよう。今は視察に集中だ。

「護衛はいなくても大丈夫なの？」

「離れた場所にいる。それに剣には自信がある。お前一人ぐらい守ってやれる」

「私もそれなりに戦えるわ。私はあなたの後ろで怯えているだけのお姫様ではないの。帝国ではあまり好まれないようだけど。幻滅した？」

にやりとノワールは笑った。

「いいや。エルヘイム帝国にも血塗られた歴史がある。俺自身も先帝を弑逆して今の地位に就いた。そんな皇帝の妃にお前ほど相応しい者はいない」

ノワールはそっと私の頬に触れる。壊れ物でも扱うかのようだった。こんなふうに男性に触れられたことがないのでどういう表情をしていいか分からない。

「お前を選んで良かった、エレミヤ」

「っ。こ、光栄ね」

どうしていいか分からなくなった結果、私はとても可愛げのない返事をしてしまった。そんな私に気分を害した様子もなく、ノワールは苦笑する。

「では、行こうか。一日はとても短いからな。有意義に過ごさなければ」

「ええ」

そうね。ここは自国でもなければ、放任されていたカルディアス王国とも違う為、好きに城下に行くことはできない。今日は、アヘンや城下の様子を見られる絶好の機会。逃すわけにはいかないわ。

まずは街の様子。

活気がある。物価も何かが特別に高騰しているということはない。

麻薬が城下に広まっていれば陰鬱とした空気が漂うものだ。それを隠していたとしても独特の雰囲気があるのですぐに分かる。

麻薬が充満してしまった領地があった。姉に命じられて調査の為に訪れたことがあるから分かる。それに街の人たちも演技をしているようには見えない。城下にアヘンは広まっていないと考えて間違いないだろう。

裏町で広まっている可能性はあるが、そうなった場合は城下の治安が悪化する。それにノワールは暗愚ではない。

もし裏町でアヘンが広まっていたら騎士を配置したり巡回の回数も増やしたりする。事情は知らなくても街の住人も何かを感じ取って不安がったり、噂をしたりするはずだ。

街の住人が独自のルートで情報を手に入れられる。

「エレミヤ、どれがいい？」

ノワールに問いかけられ、私は屋台に並ぶ食べ物に思考を切り替える。

薄い生地にサラダやお肉が挟んである食べ物だ。

「どれもおいしそうで迷うわね」

城下の人たちはどのような話をしているだろう。

『うちの娘が男を家に連れて来たんだ。まだ九歳なのに』

『九歳なら立派なレディーだろ。そういうことに興味を持つ年頃なのさ』

『うるさいっ！　嫁になんぞやらんぞ！』

『この前、うちの旦那がさぁ』

『聞いてよ！　あのクズ男、二股かと思ったら私以外にも五人の女と付き合ってやがったのよ！　信じられない。自分の男を見る目のなさに絶望したわ。あまりにも腹が立つから急所を蹴り飛ばしてこっちからフッてやったの』

何でもないありきたりな会話ばかりね。

少しだけ裏町に入る道に視線を向けてみたけど騎士はいない。そもそもアヘンが裏町で広まっていたらノワールが私を城下の視察に誘う訳がない。

「このチーズが挟んであるのにするわ」

「エレミヤはチーズが好きなのか？」

「ええ。テレイシアでは輸入品だったからあまり出回っていなくて、カルディアス王国に嫁ぐまで一度も口にしたことがなかったの。最初は少し抵抗があったけど、食べてみると美味しくて、はまってしまったわ」

「そうか。これはかぶりついて食べるものだが、エレミヤは慣れているから問題ないだろ」

ん？

私は壊れたブリキのような動きでノワールを見た。

ノワールは支払いを済ませ、店主から受け取った食べ物を私に渡してくれる。

「慣れているとはどういう意味でしょう？」

テレイシアの王女が屋台に出されている食べ物のマナーなど知るはずがない。と、普通なら思う。

残念なことに私は知っているし、彼が言う通り慣れている。

だって、テレイシアでよく買って食べていたし。お忍びで出かけて。カルディアス王国でも姉から与えれた任務を遂行する為に城下に下りた際、買い食いはしていた。

でも、まさか、ノワールがそのことを知るはずがない。

大丈夫。落ち着いて。私は慎ましやかで大人しい、テレイシアの第三王女。

「スーリヤに聞いたぞ。よく城を抜け出して、城下で遊んでいたそうじゃないか」

お姉様ぁぁぁっ!!

「それにカルディアスではあのトカゲがお前に無関心だったことをいいことに抜け出していたじゃないか」

ノワールは悪戯が成功した子供のような笑みを見せる。

「ノワールは人が悪い」

「せっかくのデートだというのに、俺に集中しないお前が悪い」

「……はい？」

聞き間違いだろうか。今、デートと言った？

いやいやいや。これはデートではなく、ただの視察。視察よね。

期待を込めて私はノワールを見た。

「ほら、行くぞ」

ノワールはそう言って私の手を繋ぐ。とても自然に。

「あ、あの、ノワール、どうして手を繋ぐの？」

「どうしてってデートだからに決まっているだろ」

「デート？　えっ？　デート？　視察ではないの？」

やはり聞き間違いではなかった。

ノワールはとても驚いた顔をしていた。本当にデートのつもりだったんだ。

確かに私とノワールは婚約者同士だ。デートをしてもおかしくはない。でも、デートって。そんなの聞いてないよぉ。

待って、落ち着いて。これはきっとノワールの策略よ。彼は私のことを疑っている。私を口説いて、真意を確かめようとしているのよ。

今までの言動から考えると彼はかなり女性の扱いに長けている。私を籠絡して、真相を確かめて、お姉様に対する弱みを握るつもりなのよ。きっと。そうに違いないわ。

そう結論づけると暴れまくっていた私の心臓が急に穏やかになった。真相が分かれば動揺する必要などないのだ。

ノワールがいない時だけ、がっちりついて来ていた護衛の気配もないし。やはりあれは護衛という名の監視だったのね。そして今は彼がいるから監視をする必要がなくなった。

「エレミヤは視察のつもりだったのか？　城下の散策が？」

「えっ、あの」

ノワールの顔が怖い。迫真の演技ね。笑顔なのに悪魔のように見える。どうしよう。どう動くのが正解なんだろう。今まで恋人なんていなかったし、デートもしたことがない。その為、正解の行動が分からない。テレイシアで恋人の一人や二人ぐらい作っておくべきだったかしら。

いやでも、王族としてそれはダメよね。

「俺たちは婚約者だ。お前にはその自覚がないのか？　ないなら自覚を持てるようにしてやろう」

ノワールの顔が近づいて来て、何だかとても嫌な予感がしたのに腰をがっちりホールドされているせいで逃げられない。

「っ」

私は咄嗟にノワールの口を手で覆った。不満そうにノワールが私をジト目で見てくる。私だってやられっぱなしではないのよ。

「このような往来で破廉恥《はれんち》ですよ、陛下」

にっこり笑って私が言うと彼はあろうことか私の掌をぺろりと舐めた。

「※○△□×」

予想外の反撃に私は声にならない悲鳴を上げた。そんな私を見てノワールは勝ち誇ったような笑みを見せる。

◇◇◇

ノワールが私を懐柔して真相を確かめる為に考えたデートという名の策略は何とか幕を閉じた。籠絡、されてはいないはず。絶対にされていない。

部屋に戻った私は閉められたドアに寄りかかり掌を見つめる。ぺろりと私の手を舐めた時のノワールの顔を思い出し、思わず赤面してしまった。

何を動揺するの。あれも策略の一つでしょう。冷静に、冷静になりなさい。好意からの行動ではないのだから。動揺する必要はないわ。

私が彼を誘惑しないといけないのだから。この程度で動揺してはダメ。寧ろ、同じことをできるようにならなければ彼を誘惑することなんてできない。

……同じことを……。

「っ」

できるはずがないっ！　あんな恥ずかしい行動を、私がノワールに？　ムリ、ムリ。絶対に無理。

「エレミヤ様、どうかなさいましたか？」

「!?」

顔を上げるとノルンとカルラが部屋にいた。

はっと思い自分の姿を見るとまだ部屋着にすら着替えていなかった。

私は誤魔化すように咳払《せきばら》いをして彼女たちに着替えを手伝ってもらった。

「ありがとう。今日はもう休むから下がっていいわ」

「畏まりました」

二人が部屋を出て行くのを確認してから私はベッドに突っ伏した。

「……恥ずかしい」

一人、悶絶《もんぜつ》している姿を使用人に見られるなんて。私は枕に顔を埋めて部屋の外に声がもれないよう細心の注意を払って声を上げた。

恥ずかしさを外に追い出すように。

◇◇◇

ノルン視点

「ノワールと出かけることになったから準備をお願い」

「デートですね、分かりました」

折角の恋人同士なのにお互いに忙しくて二人きりの時間が少ないから心配してたけど、良かった。

思いっきりおめかししないと。

「デ、デ、デ、デ、デ、デ、デートなんかじゃないわよ！」

エレミヤ様は顔を真っ赤にして慌てふためく。いつものお淑《しと》やかさはどこへやら。まぁ、これが素なのは分かりきっているので今更驚かないけど。

うふふ、エレミヤ様って本当に可愛いな。陛下もとりこになる訳だ。

それにエレミヤ様、婚約者と城下を回るのでしょう。これは立派なデートですよ。

「た、ただの視察よ」

慌てふためいて一体どうしたのだろう。私はそんなにおかしなことを言った覚えはないけど。

ちらりともう一人の侍女であるカルラを見る。

カルラはいつも通り、淡々とエレミヤ様のドレスと身に付ける装飾品を用意している。

……………ガーネットの装飾品

陛下の色ですね、カルラ。

ナイスです、カルラ。陛下の色を使って、陛下をメロメロにさせましょう。

カルラは無表情で口数が少なくて何を考えているか分からないけど、今回ばかりは私と同じ心境だと思う。

「因みに、どこへ向かわれるのですか？」

「城下町よ」

嬉しそうに話されるエレミヤ様

ここ最近は馬鹿な皇女のせいでエレミヤ様がアヘンをしているなどと不名誉な噂を流され、気丈に振る舞っておいででしたがやはり、どこか落ち込んでいるようにも見えました。

更にムカつくのは馬鹿な皇女に自覚がないことですが。

今回のデートは恐らくアヘンについて調べることでしょう。それでもエレミヤ様が心から笑えるのでしたら私は喜んでエレミヤ様を送り出します。

もちろん、護衛つきで。きっと、とても楽しいデートになるでしょう。

「……そうですかアヘンのことをお調べになるつもりですか？」

「ええ、そうよ。それだけではなく城下の物価や民の様子も見て回りたいの。彼らの噂も侮れないしね」

実際、エレミヤ様はカルディアス王国を手に入れる際、民を利用している。そんな彼女だからこそ説得力がある。

私としては純粋に陛下とのデートを楽しんでもらいたいけど、時期的に無理なのかな。

エレミヤ様はとても真面目な方だし、アヘンのことがやっぱり気になるよね。

仕方がない。

これが一度きりのデートという訳ではないし、次回は仕事抜きでデートを楽しめるといいですね、エレミヤ様。次にかけましょう。

大丈夫。次もうんと可愛く仕立てますから。陛下がメロメロになるぐらい。

まぁ、エレミヤ様は普段から可愛らしい方なのでいらないかもしれないけど。

「そうですか。城下に行かれるのならドレスは少し質素な方がよろしいですね」

「そ、そうね。お願い」

私はエレミヤ様が持っている中で一番質素、お忍び用の服を出した。

「視察は陛下からのご依頼ですか？」

「ええ。一緒に城下を見て回ろうと誘われたの」

それはデートの誘いのつもりだったと推察します。

エレミヤ様、鈍い……いいえ。きっと陛下の誘い方に問題があったんですね。悪いのは陛下です。陛下が悪いんです。

愚直に、素直に「デートをしよう」と言わない陛下が悪い。

私はエレミヤ様の着替えを手伝った後はお化粧をする。

因みにカルラは髪を結びなおしてガーネットの飾りをつけていく。

エレミヤ様は鏡で髪型や服装を確認する。

カルラが選んだガーネットの装飾品には問題がなかったようです。

とても嬉しそうなエレミヤ様。

鏡に映っている表情はもう初デートを楽しむ少女にしか見えませんでした。

まぁ、政略結婚が当たり前で婚約者以外の男から遠ざけられて育ちますし、最初の結婚相手があのバカトカゲ……カルヴァン陛下でしたからね。

そしてエレミヤ様はノワール陛下が来るまで何度も姿見の前に行き、おかしなところがないか確認したり、時間を確認したりと落ち着かない様子でした。

私たち侍女は余計な口を利かず、エレミヤ様の様子を見守らせていただきました。

そして、エレミヤ様はノワール陛下と嬉しそうに出かけられました。

◇◇◇

視察という名のデートから戻られたエレミヤ様は行く時よりも顔を真っ赤にしていました。

何をしたのかと思わずノワール陛下をジト目で見てしまいました。

「今日は楽しかった。また、行こう」

「……はい」

ノワール陛下は涼しい顔で去って行きます。

えっ？

これだけ？　折角のデートだよ。初めてのデートだと思うけど、私の記憶違い？　そんなことないよね。

陛下、あっさり帰っちゃったんだけど。嘘でしょ。デートの終わりを惜しんで、別れを惜しんで、ハート乱舞の時間じゃないの？　どうしてそんなにあっさり帰っちゃうの。

ちらりとエレミヤ様を見る。

顔を真っ赤にして何だか悶えているようです。

きっと陛下が何かしたんでしょう。でも足りませんよ、陛下。もっと男らしくぐいぐい攻めてくださいよ。

健全なデートなんてこれっぽっちも求めないっ！

◇◇◇

カルラ視点

「エレミヤ様とデートですか？」

「ああ」

執務室でいつものようにエレミヤ様のことを報告していたら明日の予定を告げられた。

どんな些細《ささい》なことでもエレミヤ様のことを報告させられるのは正直うんざりです。

独占欲の強い男と恋愛するのは大変だなと思います。

「明日な。既にエレミヤには話している。護衛は要らない」

護衛とは表向きの護衛……つまり近衛騎士のことを言っています。その護衛がつかない時は私が陰ながら護衛としてつきます。その方がノワール陛下にとって都合がいい時があるからです。

今回の場合は二人きりのデートを楽しみたいと。

あなたがそこまで気に入る女性も珍しいですね。

いずれは結婚して共にこの国を治めていくことになるので仲が良いのは大変よろしいことです。

◇◇◇

「ノワールと出かけることになったから準備をお願い」

エレミヤ様の言葉に私と同じエレミヤ様専属侍女のノルンが言う。

「デートですね、分かりました」

「デ、デ、デ、デ、デ、デートなんかじゃないわよ！」

顔を真っ赤にしてどもるエレミヤ様。

「た、ただの視察よ」

「？」

おかしいわね。陛下からはデートだと昨日はっきりと聞いたのだけど。

陛下、一体どういう誘い方をしたんですか？

疑問に思いながらも私は余計な口を利かずにエレミヤ様がつける装飾品を用意する。陛下の瞳の色と同じガーネットの装飾品を。

陛下の色を身に纏うことに文句はないようだ。大変よろしい。

準備ができると暫くしてノワール陛下とエレミヤ様はデートに行かれました。

私は護衛のつかない二人を陰ながら護衛します。

私ならある程度、距離を取って護衛することが可能です。

「あ、あの、ノワール、どうして手を繋ぐの？」

手を繋いだだけなのにエレミヤ様は耳まで真っ赤にしている。

「どうしてってデートだからに決まっているだろ」

「デート？　えっ？　デート？　視察ではないの？」

あっ。それ言っちゃう？　ダメですよ、エレミヤ様。それ言っちゃぁあ。意外とお間抜け。

ほら見て、ノワール陛下、固まってますよ。

「エレミヤは視察のつもりだったのか？　城下の散策が？」

「えっ、あの」

ノワール陛下、顔が怖いですよ。笑顔なのにめちゃくちゃ怖いです。

「俺たちは婚約者だ。お前にはその自覚がないのか？　ないなら自覚を持てるようにしてやろう」

そう言ってノワール陛下は人前だというのにエレミヤ様に濃厚なキスをしようとします。

やり過ぎです、陛下。

私は暗器を取り出し、陛下目掛けて投げつける。

ノワール陛下はエレミヤ様にキスをしようとしていますが、寸前でエレミヤ様がお止めになりました。

安堵《あんど》したのも束の間、ノワール陛下はエレミヤ様の手をぺろりと舐めた。

なので私は持っていたナイフをノワール陛下目掛けて投げつけた。これ以上はダメだと言う警告の意味を込めて。

ナイフはあっさりと止められてしまいました。分かっていたことですが。

エレミヤ様に気づかれないようノワール陛下がこちらを見る。睨みつけてきたので私は思案しました。

もう一つ投げた方がいいかしら？　と。二人は移動を始めました。

「邪魔なお客さんが多いですね。折角いいところなのに」

二人がベンチで休んでいるのを確認しながら私はエレミヤ様とノワール陛下、どちらかは知りませんが命を狙ってきた暗殺者を殺して行く。

「命がけで野次馬をしますか？　なかなか酔狂ですね」

折角のデート。それにエレミヤ様は恐らく初めてのデート。

楽しかったで終わって欲しいと願うのはエレミヤ様の専属侍女なら当然。その為に私は邪魔なお客様全てにご退場させていただきました。

「それにしてもエレミヤ様は初心ですね」

エレミヤ様が落ち着いた頃を見計らって漸くデート再開のようです。

楽しそうにノワール陛下とお店を回ったり、大道芸を見たり。こうして見るとエレミヤ様はただの少女に見えます。

「カルディアスでは決して見られない光景ですね」

幸せそうで何よりです。

デート終盤、エレミヤ様はとても名残惜しそうでした。

「それにしても陛下、よく耐えていますね」

折角のデート。手を繋いで終わり。とても健全なデートですね。

部屋に戻ると顔を真っ赤にしたエレミヤ様が動揺したように部屋を歩き回りながらぶつぶつ言っています。手を舐められたことがよほど堪えられなかったようです。

エレミヤ様、それだけで済んで良かったですね。

あの男、もっと先まで期待していたと思いますよ。

結婚前なので、さすがに私が許しませんが。

その日の夜。

エレミヤ様はなかなか寝付けなかったようです。

ベッドの中で一人、悶絶していました。

あの程度のことでここまで照れる方が逆にすごいですよ。

「おい、忘れ物だ」

エレミヤ様の部屋がある位置の屋根の上にいた私の元にノワール陛下が来ました。

昼間の意趣返しでしょうか。

手渡しでいいのに。わざわざ私目掛けて暗器を投げつけます。

もちろん軽々と受け止めて、懐に仕舞いますけど。

「主人に向かって投げるなよな」

「私のもう一人の主人の危機だったので」

「人嫌いのお前が随分な入れ込みようだな」

人間なんて今でも大嫌いだ。

弱いくせに自分たちよりも異質なものを嫌うくせに、首輪をつけて飼い馴らそうとする。

生き物の中で一番、ぜい弱なくせに。魔族《私たち》を下に置こうとする。

人間なんて大嫌い。

「私の考えはあの時と同じですよ。人間なんて大嫌いです。ただ、悪人ばかりではないことに気づいただけです」

「そうか」

エレミヤ様。私のもう一人の主。

いつか、ノルンが言っていた。強くて、聡明で、優しい。そして美しい。女神様のような人だと。

私から見たエレミヤ様は……。

聡明ではある。人間にしては強い方だ。確かに美しい。優しい方だとも思う。

でも、女神ではない。

男性に慣れてなくて、ただ手を繋いだだけで耳まで真っ赤にして、私たちがいることも忘れて動揺される。

初心で可愛らしい、ただの少女だ。

## 六. リーゼロッテの暴走

「やはり、アヘンは貴族間のみで流行っているのね」

「はい。城下、裏町全て調べましたがアヘンの気配はありませんでした」

デートの翌日、私はアヘンについて調べていたマクベスから報告を受けていた。

「貴族、取り分け令嬢たちの間で流行っているようです」

「令嬢が？　簡単に手に入れられるとは思えないけど。探りを入れてみるわ」

私の机の上には幾つもの招待状が置いてあった。

「さて、どなたのお茶会に参加しましょうかしら」

◇◇◇

マクベスから報告を受けた後、私は招待状の返事を書いていた。すると、リーゼロッテが私の部屋を訪ねて来た。

今日、彼女と会う予定はない。あの一件以来、私は極力リーゼロッテに会わないようにしていた。百害あって一利なしだからだ。

「どうなさいました、リーゼロッテ様。先ぶれもなく。何か急な用件ですか？」

無礼だと遠回しに言葉を混ぜながら用件を聞くとリーゼロッテは私の元に駆けよってきた。

神に祈るように胸の前に手を組み、涙目で私を見上げる。

「お願いです、エレミヤ様。今すぐお医者様に診てもらいましょう」

「……」

私はいたって健康だけど。寧ろ、診てもらう必要があるのはあなたの方じゃないかしら。主に頭を。

「どうしたんです、急に」

「私のせいなんです。私が悪いんです。あの時、私も一緒に行くべきでした。いいえ、私が相談なんて持ち込まなければ」

まくし立てるように言うリーゼロッテの言葉はまるで理解できない。取り敢えず落ち着かせるためにソファーを勧めるけど、彼女は動く気配がない。

カルラが淹れてくれたお茶は手つかずのまま冷めていく。

「リーゼロッテ様、あなたはいったい何を仰っているんですか？」

急に来て訳の分からないことをまくし立てるリーゼロッテに若干イラつきながらも決して表面には出さず、興奮する彼女を落ち着かせるためにゆっくりとした口調で聞く。

「エレミヤ様に自覚はないんですか？」

限界まで目を見開くリーゼロッテ。彼女はすぐに悲痛な顔をして床に頭をこすりつけるように私に謝罪をする。

「本当にごめんなさい。全部、私が悪いの」

もう訳が分からない。

「リーゼロッテ様、落ち着いてください。私に分かるように話してください」

何度か説得したのち、彼女は自分の言いたいことを全て出し切って満足したのか私の部屋に来て一時間後にソファーに腰かけた。

カルラはすぐにお茶を淹れなおした。

「それで、一体何がどうしたから私が医者に診てもらわないといけないと思ったんですか？」

「ユリアンヌ子爵令嬢の部屋はアヘンで充満していたんですよね」

充満していたと彼女に話した覚えはない。一体どこで聞きつけたのだろう。

「エレミヤ様もそのせいでアヘンを吸引してしまったんですよね」

「シュヴァリエがすぐに気づき、ディーノが私を結界で覆ったので大丈夫ですよ」

「やはり自覚症状がないんですね」

リーゼロッテは悲しそうな申し訳なさそうな顔をして言った。

「噂を聞きました」

「噂ですか」

今社交界で話題になっているのは私がアヘンを吸引しているというもの。証拠がないから何もされてはいないけど。

テレイシアの王女で次期、帝国の皇后。証拠もなく捕縛することはできない。

噂だって、表立っては言われていない。

「エレミヤ様がアヘンを吸引していると」

あらやだ。

無意識に懐に隠している短刀に手が伸びてしまったわ。

いやぁね。

こんな小娘を斬ったら私愛用の短刀に錆がついてしまうわ。

「私のせいですよね。私がエレミヤ様をユリアンヌ子爵令嬢の元に行かせたから、それでアヘンを吸引した。アヘンは依存性が高いと聞きます。噂が真実ならあなたはそのせいでアヘンを今も吸引しているのですよね。すぐにお医者様に診てもらいましょう。私、腕のいいお医者様を知っているんです」

満面の笑みで彼女は言う。

自分が良いことをしているとでも思っているんでしょうが。

うわぁ。殺したい。

「リーゼロッテ、覚悟はできているのか？」

唐突に聞こえた第三者の声にリーゼロッテは驚く。

「お兄様」

部屋の隅で壁に寄りかかっているノワールがいた。実はかなり前からいたのだ。興奮しているリーゼロッテは気づいていなかったし、彼も気配を消していたので落ち着きを取り戻した後も彼女がノワールの存在に気づくことはなかった。

「エレミヤは俺の婚約者だ。確たる証拠もなく悪戯に騒ぎ立て、無用な噂を広める。それで俺の怒りを買う覚悟があるのか？」

ノワールの言葉にリーゼロッテは眉間に皺を寄せる。

「お兄様はエレミヤ様が心配ではないんですか？　体裁ばかり気にして治療が遅れでもしたらどうするんですか！」

目くじらを立てるリーゼロッテにノワールは失笑する。

議論の余地なし。

「エレミヤはアヘンを吸引していないし、中毒者でもない。彼女の体調は王宮筆頭医官であるケビンに管理させている。お前が余計な気を回す必要はない」

それを聞いてリーゼロッテは安堵した。

「では既にエレミヤ様の体からアヘンを取り除く治療を行っているんですね。さすがですわ、お兄様。申し訳ありません。私が早とちりしてしまったみたいで。エレミヤ様もごめんなさい。騒ぎ立ててしまいました」

彼女はどうしても私をアヘン中毒者にしたいようだ。

ぺこりと頭を下げるリーゼロッテにノワールは冷たい視線を向けた。

「部屋に戻れ、リーゼロッテ。誰にどう唆《そそのか》されたのか知らないが場合によっては容赦はしない」

ノワールの言葉の意味をリーゼロッテが理解していないのは火を見るよりも明らか。

けれどノワールは説明する気がない様で、部下にリーゼロッテを自室に連れて行くよう指示をした後は黙り込んでしまった。

# 七．フィグネリア・コーク

「うふふふ。エレミヤ様も大変ですね」

なぜこの人が私の部屋でお茶をしているのだろう。

「王宮内に広まっている噂も原因は皇女殿下だとか」

そう言って優雅にお茶を飲むのはフィグネリア。帝国の有力貴族。

「殿下も気が立っていたのでしょう。まさかご自分が訪れるはずだった貴族の娘が、だなんて」

「そうですね。アヘンは所持しているだけでも罪に問われますわ。それなのに使用をしていたなんて。ジョーンズ子爵令嬢はこの先、どうなるのかしら」

「さぁ。そこは私の本分ではないので、何とも」

「そうですわよね。ごめんなさい」

「コーク侯爵令嬢が心配していたことだけは陛下にお伝えしておきますわ」

「ありがとうございます。それと、フィグネリアと呼んでいただけると嬉しいですわ。私、あなたと親しくなりたいですわ」

「嬉しいですわ。ここに来たばかりでまだお友達がいないので。私のこともエレミヤとお呼びください」

「まぁ！　私がお友達一号なんですね。嬉しいですわ」

パンと手を叩いて無邪気に喜ぶフィグネリアはまるで子供のよう。そのギャップは反則だ。私が男ならいちころね。

それにしてもアヘン中毒者がジョーンズ子爵令嬢だなんてよく知っていたわね。

私とリーゼロッテのスケジュールを知ることはほぼ不可能。厳重に管理されている。暗殺の危険があるからだ。

ジョーンズ子爵令嬢については私にもリーゼロッテにも言うなとノワール直々に言われている。

まさかリーゼロッテがバラしたなんてことないわよね。

後で裏をとろう。

シュヴァリエは顔がいいのでちょっと頑張ってもらったら大したことない内容なら侍女たちが世間話のように話してくれる。まぁ、ここに雇われているのはある程度質のいい使用人なので話してくれる内容は差しさわりのないものばかりだけど、無いよりはいいだろう。一つの目安になる。

「フィグネリア様は皇女殿下と仲がよろしいのですか？」

「いいえ。何度か会ってご挨拶しただけですわ。実は私、陛下の婚約者候補だったことがありますの」

急に投下された爆弾に思わず口の中に含んだ紅茶を噴き出しそうになった。

もちろん、王女のプライドが許さないので根性で飲み込んだけど。おかげで少しむせた。

「そのせいで、皇女殿下に嫌われてしまったようで」

「なぜ？」

私の問いにフィグネリアは言いづらそうに苦笑する。

「エレミヤ様も気づいていらっしゃるでしょう。皇女殿下が陛下に一方ならぬ思いを抱いていることに」

「……」

それは薄々勘づいてはいた。リーゼロッテに自覚があるかは分からないけど。

さて。

私はにっこりと微笑むフィグネリアを見る。

ここでこの話を持ち出すメリットは何だろう。私とノワールの仲を引き裂く為。なぜ？　私とノワールが婚約解消すれば自分が皇后の座につく可能性があるから。

リーゼロッテのノワールに対する想いを口にしたのは？　私とリーゼロッテのつぶし合いを期待している？　なぜ？　フィグネリアにとってリーゼロッテは邪魔な存在？　それともただ嫌いなだけ？

分からない。憶測は幾らでもできる。けれど、確たる証拠がないのであくまでも私の妄想にすぎない。

「女の嫉妬程怖いものはないですわね」

「全くです」

フィグネリアが友好的な笑みを浮かべて言うので私も友好的な笑みで応じた。

◇◇◇

フィグネリア視点

「フィグネリア様、エレミヤ王女の所に行っていたって本当ですか？」

誰だったかしら、この子。

「本当よ」

「何しに行っていたんですか？」

ああ、思い出した。マロエル男爵の娘だったわね。

虚ろな瞳に上気した頬。完全に参っているわね。

「陛下とのことを聞きに行っていたのよ。先帝を弑逆し、ご兄弟すらもその手にかけた恐怖の覇王と呼ばれている陛下だけど、エレミヤ様とは仲がよろしいようだったわ。この分だと早く御子が見られそうね」

私の言葉にマロエル男爵令嬢は不愉快そうに顔を顰めた。

「陛下に相応しいのはフィグネリア様らけれす」

呂律すらも回らなくなって来ている。

この子はもうダメね。

「あら、ありがとう。でも決めるのは陛下よ。そして陛下は既にお心を決められた。そこに私の出る幕ではないわ」

私がそう言うとマロエル男爵令嬢は激しく首を左右に振り、手足をバタつかせて近くにあるものを破壊し始めた。

ガシャン、ガシャンと音を立てて床に砕けては消えるポットやカップを私は無感情に見つめる。

「らめなんれすぅ！　フィグネリア様らないと」

そう言って暴れるマロエル男爵令嬢は随分と私に心酔しているようだ。迷惑な話ね。

「待っててくださいね。すぐに私が元に戻して見せます」

そう言ってマロエル男爵令嬢は意気揚々と私の部屋を出て行った。入れ違いになるようにミハエル伯爵令嬢が入って来た。

「一体何事ですか？」

キャシー・ミハエル伯爵令嬢は私の部屋の惨状を見て驚いていた。それもそうだろう。

テーブルにあったものは全てマロエル男爵令嬢の手によって床に落とされていた。唯一無事なのは私が手に持っていたカップとソーサーのみ。

出て行く前に片付けて欲しかったわ。

「何でもないわ」

私は使用人に片づけとミハエル伯爵令嬢に新しいお茶を淹れるように指示した。

「先ほど出て行かれたのはマロエル男爵令嬢ですよね。随分、慌てている様子でしたが。この部屋の惨状も彼女が？」

何でもないと最初に言っているのに随分と食い下がって来るのね。煩わしい。どうせ何も背負えないのなら何もしなければいいのに。

「彼女、最近おかしいのよ。さっきも私と話して急に興奮し始めて。何だか、怖いわね」

私は自分の体を抱きしめる。怯えた目を彼女に向けてみる。

「最近、王宮内でも良くない噂が流れていますからね。エレミヤ様がアヘンをしているだとか、ジョーンズ子爵令嬢のアヘンの件とか。物騒ですから、フィグネリア様も気を付けてくださいね」

「ありがとう」

私はお茶を飲むミハエル伯爵令嬢に笑顔を向ける。

「あなたも十分に気を付けてね」

「はい」

ああ、何て愚かなのかしら。

私の言葉を真に受け、その裏に含みがあるとは夢にも思ってない。本当に愚かな子。陛下も苦労するはずね。まさか、帝国貴族の質がここまで落ちているなんて。

エレミヤ様ならすぐに気づいただろうに。彼女だったらどう切り返しただろう。

儚げな容姿と違い、気性の荒いエレミヤ様のことを思うと少しわくわくする。ノワール陛下もこの件で動いているようだけど、彼女も動いている。

エレミヤ様がこの件をどう収めるのか私は楽しみにしていた。

# 八．お茶会

私はアヘンのことを探る為にお茶会に参加した。

「フィグネリア様、お招きいただきありがとうございます」

私はフィグネリアが主催のお茶会に参加していた。

「こちらこそ、次期皇后陛下に参加していただけるなんて光栄ですわ。今日、来られていない他のお友達に自慢ができますわ。それに父も喜びます」

私をテレイシアの王女ではなく、次期皇后と言ったことで周囲の令嬢たちがざわついた。中には私を睨む者もいる。

他国の人間である私ではなくフィグネリアが皇后に相応しいと思う令嬢は多い。

純粋に相応しいと思う者もいれば、中には打算で近づき、当てが外れたことで私を逆恨みしている者もいるだろう。

私は扇で口元を隠しながらフィグネリアを見る。

さて、どういう意図があるのだろう。普通に考えたら嫌味。でも本当にそれだけ？　もっと別の何かが隠されている？

挨拶程度の一文だけでは判断ができないわね。

「父から、あなたとは仲良くするように言われているの。父の命令がなくても私、あなたにとても興味があるから是非お近づきになりたいと思っているのよ」

にっこりと微笑む姿はとても妖艶で、魔性の女のようだ。

「私もフィグネリア様と仲良くしていただけると嬉しいですわ。まだ、親しい令嬢もいなくて心細いので」

私がそう言うと水を得た魚のように周囲の令嬢たちが口を開く。

「それはとても良いことですわ、エレミヤ殿下。フィグネリア様は少し前まで陛下の婚約者候補でしたのよ」

勝ち誇ったような笑みを浮かべてキャシーが言う。

私がその事実を知って嫉妬に身を焦がすとでも思ったのだろうか。無様にフィグネリアに突っかかるとでも？　喚きたてるとでも？　馬鹿にしている。

ちらりとフィグネリアを見ると彼女は我関せずといった様子でお茶をすすっていた。

「フィグネリア様は侯爵令嬢ですもの。当然ですわ。当然、伯爵令嬢であるあなたも候補だったのでしょう。でも分を弁えない馬鹿には国母なんてなれませんからあくまで候補に名を連ねただけでしょうね。わが国でもそうでしたが上位貴族なら誰でも王族の婚約者候補に名を連ねるものですわ。当然、ご存じですよね？」

私が言うとキャシーは顔を真っ赤にして反論しようとした。だが、その前にフィグネリアが口を開いた。

「貴族の中では常識ですわ。知らないはずがございません。故に、誇ることでも自慢することでもないと思っております」

暗に、誇らしげに私に語ったミハエルを責めているのだ。分が悪いと踏んで、保身に身を転じた？

いいえ、違うわ。彼女は愚かではない。自分の派閥ばかりが集まったお茶会とはいえ、お友達と言うのは必ずしも味方ではない。

立場が悪くなれば家の為、自身の為に容易く牙を剝ける関係。脆く、儚い友情ごっこ。それが分からず他国の王女である私を貶める発言を平気でする彼女を使うはずがない。

このお茶会はどういう意図で催されているのだろう。集められたメンバーには意味がある。

「そういえばエレミヤ様、大丈夫ですか？　私とっても心配していたんですわよ」

全く心配していないと顔が言っている。私は気づかないふりをして首をこてんと横に傾ける。心配されるような心当たりがまるでないと示した。

「リーゼロッテ皇女の不用意な言葉でエレミヤ様がアヘンをしているという不名誉な噂が出回っているでしょう」

それこそ私を貶める噂。それを敢えてこの場で口にしたのは……。

私は周囲の令嬢たちを観察した。そういうことか。フィグネリアの意図が読めた。

「まさか、アヘンをしているなんて。私、聞いた時には驚きましたのよ」

「本当ですの？」

子爵令嬢が興味津々というふうに食いついて来た。随分と失礼な令嬢ね。

「まさか、他国の王女がアヘンなんて、ねぇ。もちろん信じていませんわよ。でも、火のないところに煙は立たないと申しますし、ねぇ」

男爵令嬢が嫌な笑みを浮かべて私を見る。

護衛の為、背後に控えているディーノからひんやりと冷気を感じる。ノルンからは殺気のようなものを感じる。

早々に引き上げないと死体の山ができそうね。

「あらあら、皆さん。そのような戯言を信じているの？　もしそうなら帝国貴族の令嬢は随分と純粋なのね」

「どういう意味ですか？」

金髪をくるくるにまいた気の強そうな令嬢が私を睨みつける。

「言われたことをそのまま疑いもせずに飲み込む。これを純粋と言わずに何と言うの？　ああ、それとも浅はかと言った方が良かったかしら」

「幾ら王女殿下でも失礼じゃありませんか？」

「テレイシアの王女は棒切ればかり振り回しているから色々と足りていないんじゃないですか」

くすりと私を小馬鹿にするようにキャシーは言う。

彼女たちは気づいていないようね。自分たちがどれだけ危ない状態なのか。背後にいるディーノとノルンに殺されてもおかしくはないのに。

無知って恐ろしいわ。

「申し訳ありません。帝国のマナーについてまだ不馴れでして」

私が謝ると思っていなかったのか、強気に出ていた令嬢たちがたじろぐ。

「わ、分かればよろしいのではないかしら」

「え、ええ。折角ですからフィグネリア様に学ぶといいですわ」

随分と上から目線なのね。誰に対してものを言っているのか分かっているかしら。

「寛大な心に感謝いたしますわ。まさか、他国の王女だから自分たちよりも格下扱いしても大丈夫だなんてマナーがあるなんて思いもしませんでしたわ。ああ、そう言えばフィグネリア様が私と親しくなりたいと仰ってくださったのにね、その思いを無下《むげ》にするのも帝国貴族のマナーなんですわね。だとしたら随分と独特なマナーですこと。私、常識に沿ったマナーしか知りませんので順応できるか心配ですわ」

にっこりと笑って私が言うとお茶を飲んでいたフィグネリアがかちゃりとカップを置いて私を見る。

「ご心配いりませんわ、エレミヤ様。そのようなマナーは帝国に存在しません」

にっこり笑ってフィグネリアが言うので私はわざとらしく驚いてみせる。

「まぁ、そうだったの。彼女たちの言動から帝国のマナーを学ぼうと思っていたのだけど」

「参考になさらない方がよろしいですわよ。彼女たちだけの特別なマナーですもの」

「そうですか、それは良かった」

私とフィグネリアの会話に令嬢たちは顔を真っ青にした。彼女たちは理解したのだろう。今日、自分たちはフィグネリアに切られたのだと。

彼女たちは私に対して負の感情をかなり持っていた。だから敢えてお茶会に呼び、私とぶつけることで彼女たちを切る口実を作った。

そして、それが私に対する借りにならないようにプレゼントを用意していた。

侮れないわね。さすがはノワールの元婚約者候補

◇◇◇

「カルラ、ミハエル伯爵家の夜会に潜り込みたいの、変装道具と合わせて準備して」

「畏まりました」

私はお茶会から戻ってすぐ、みんなを部屋に集めた。

カルラは私の指示ですぐに部屋を出て行く。

ミハエル伯爵令嬢は私に対して明らかな敵意を持っていた。

私を貶める気満々で、実際に何度も私を貶める発言をしている。けれど、アヘンの話になると彼女は口を閉ざした。

ぎゅーっと真一文字に閉じられた口は何も語るまいとしているようだった。

「危険です。エレミヤ様が直接確かめる必要はないかと」

自分で潜り込む気満々だった私にシュヴァリエが難色を示した。確かに王族のすることではないわね。

「でも変装の心得があるのはこの中で私だけよ」

「……それは」

言葉に詰まるシュヴァリエを私はここぞとばかりに責める。

「変装って素人が簡単にできるものではないのよ。中途半端にやればボロが出るし、失敗をすれば相手に警戒を与えてしまうわ」

「テレイシアの第三王女で、元カルディアス王国の王妃様がよく変装のノウハウを知っていますね」

シュヴァリエにジト目で見られたので私は取り敢えず笑って誤魔化した。

私を止めることは不可能。そして、私を行かせるのが最も効率が良いことを知っているシュヴァリエは深いため息をつく。

「護衛としてディーノをお連れください。それが私にできる最大の譲歩です」

「分かったわ」

それぐらいは予想の範囲内なので私は了承した。

「とびっきり可愛くしてあげるね、ディーノ」

にっこりと私が笑うとなぜかディーノは後ずさった。

あらやだ、私の考えが読めたのかしら？　それとも野生の勘？　まぁ、恨むのならシュヴァリエを恨んでね。私はリスクの少ない選択をしただけだから。

◇◇◇

ノワール視点

「あの女は上手くやっているようだな」

エレミヤとの楽しい夕食を終えた後は残っている執務を片付ける為に執務室に籠っていた。

机の上には山のような書類がある。

無能な先帝のせいで使える臣下が少ない。無能な皇帝の手元に残ったのは無能な臣下だったのだ。

それらを一掃し、有能な臣下に入れ替えるのは一筋縄ではいかない。

まだまだ俺の負担も俺の側近の負担も減りそうにない。

片付ける書類の区切りが良いところで気分転換に側近であるシャーブラの報告を聞く。彼は俺の妹であるリーゼロッテにつけている護衛でもある。

「はい。懐にもぐりこんだようです。ただこの件はエレミヤ様も動いているようですが、どうなさいますか？」

「問題ない。あれは聡い。こちらの仕事を邪魔するようなことにはならないだろう」

「彼女がエレミヤ様に接触したようですが」

「そうだな。事態を早々に動かす為だろう。エレミヤの周囲の護衛を強化しろ。俺も可能な限り傍に居る。傷一つつけるな」

「御意」

貴族を蝕《むしば》むアヘン。

先帝もこのアヘンに溺れた。貴族の中には率先して手を出している者もいる。先帝の時代ではそれでも許された。けれど、俺の時代でそれを許すつもりはない。

今回の件はいい見せしめになるだろう。どうも先帝時代の気分が抜けきらないバカがいるようだ。

「エレミヤ様の噂はどうなさるつもりですか？」

「アヘンと同時に収拾させる。リーゼロッテの馬鹿な発言は上手く利用できる」

「皇女殿下を貶めるためにですか？」

穏やかな声で聞いてくるシャーブラに俺はうっすらと微笑んで答える。

「無能は王家に必要ない。ましてや毒を孕んでいるのなら尚更だ」

エレミヤの無実は既に証明済みだ。

それでも噂が絶えないのは自分の娘を皇后にしたい貴族と、何も考えずにエレミヤを心配だとお友達に話しているリーゼロッテのせいだ。

次期皇后を貶めるその行為が謀反に繋がると彼ら、彼女たちは考えもしないのだろう。

俺が動けば、貴族たちは保身の為に真っ先に身を退くだろう。リーゼロッテというスケープゴートを使って。

貴族の中で彼女は立場を考えることもできなければ、常識も身についていない無能で厄介な皇女という認識になるだろう。

果たして、俺を害して操りやすい無能なリーゼロッテを皇帝にと考えている馬鹿どもはどう動くか。見ものだな。

「先帝を殺した。兄も殺した。俺の手は真っ赤な血で汚れている」

月にかざしてみる。月光に照らされてもなお自身の手は汚れているように見える。

「これからも俺はその手を赤く染め続けるだろう」

「どれだけの数の血を浴びる気ですか？」

若干呆れながらシャーブラが聞く。

「必要な数だけだ。もちろん、それは仕方がなかったという程度に極力おさめたいとは思っているがな」

「あなたの行く先は地獄ですね。そしてそれに付き合わされる私たち臣下も地獄行き決定です」

眼鏡をくいっと上げながら「乗りかかった船なので、仕方がありません。地獄までもお供します」と彼は言った。素直じゃないな。

「俺が座っている玉座は血で染まっている。それでいい。玉座とは血で染まるものだ。後悔はしない。皇帝になるために先帝を殺したことも兄たちを殺したことも。リーゼロッテの件もな」

リーゼロッテが俺に好意を抱いていることも無意識にエレミヤに嫉妬していることにも気づいている。

エレミヤのアヘン中毒なんて根も葉もない噂も、彼女は確かにエレミヤを心配してはいるのだろう。でも、それだけが事実ではないのだ。

心の底でこれが本当なら、嘘でも致命的となればエレミヤとの婚約は破棄される。彼女は国へ帰り、俺は再び独身となる。

リーゼロッテは心のどこかでそう思って口にしているはずだ。

悪意なき悪意といったところか。

# 九．男装の麗人《れいじん》

「どうかしら？」

「とてもお似合いです、エレミヤ様」

ノルンが私を見て頬を赤らめる。

「男装の麗人です」

カルラは相変わらずの無表情で言うので本心なのかお世辞なのか分からない。

私は姿見で自分の姿を確認する。

金髪に青い目の青年が立っていた。いつもは目立たない茶髪や暗めのカツラを選んでいるが今回は敢えて金髪にした。

体つきがどうしても違うので中にパットを入れて誤魔化したり、胸はかなりきつめに晒しを巻いて潰している。更にベストを何枚か着こんでいる。

身長は厚底ブーツでカバーだ。少し華奢に見えてしまうがおかしい程ではないだろう。

「ディーノは？」

「シュヴァリエが着付けを手伝っています」

カルラはそう言ってディーノがいる方を見た。

「やだぁーっ！　絶対にいやぁ!!」

「観念しろ。よく似合っている」

「そんなことを言われて嬉しいわけないだろっ！　氷漬けにされたいの」

暫くシュヴァリエとディーノの言い合いの声が聞こえたが、純粋な力では騎士のシュヴァリエにディーノが敵うはずがない。

ディーノはシュヴァリエに引きずられるようにして衝立から出てきた。

長い黒髪にガラスでできた青い花の髪飾りをつけ、濃い紺色のドレスにはピンクの花柄が描かれている。とても可愛らしい少女はそこにはいた。

「女の私より可愛い」

と、ノルンはディーノを見てがっくりと項垂れてしまった。

「涙目なのがまたそそりますね」

と、カルラ。冗談だよね。

涙目なのが更に可愛いディーノだがそのことは言わないでおこう。

「どうしてエレミヤ様が男装で僕が女装なのさぁ」

「あら、とても似合っているわよ。ディーノ」

「嬉しくないっ！」

「極力バレないようにするにはその方が都合いいのよ。それに男女で行けばおかしくはないでしょう。単品で行くと何かと目立つし」

「今でも十分、目立ちますよ。美少女とイケメンが一緒に参加するんですから」

呆れたように言うシュヴァリエをディーノは睨みつける。『美少女』という言葉が気に入らなかったようだ。

シュヴァリエはディーノの視線を完全に無視して注意事項を言う。

「危険だと判断したらすぐに切り上げること、一人での行動は避けること、目的を速やかに達成して帰ること、余計な騒ぎを起こさないこと、人目のないところは避けるように」など、など。

全部聞いていたらきりがないのでシュヴァリエの注意事項は強制的に終わらせた。

何よりもディーノを今の姿のまま長時間いさせるのは可哀そうだ。

……私がお願いしたんだけどね。思った以上に似合っていたから今後はどうするか真面目に検討しよう。

「では出陣しましょうか」

「……ああ」

「ご武運を」とシュヴァリエ。

「行ってらっしゃいませ」とカルラ。

「気をつけてくださいね」とノルン。

それぞれ、成功を願って私とディーノを見送ってくれた。

私たちは二人で馬車に乗りミハエル伯爵家が主催するパーティに向かった。

このパーティはミハエル伯爵令嬢の婚約者を決める為に開催されている。もちろん、だからと言って男ばかりのパーティをする訳にはいかないので女性も参加している。

しかし多くは兄弟のいる令嬢だ。

私は今回男装しているので女装しているディーノをエスコートしながら会場に入った。ディーノはとても不満そうな顔をしていたが仕方がない。女装しているディーノが男装している私をエスコートするのはあまりにも不自然だから。

「例の伯爵令嬢はどこにいる？」

「ディーノ、口調」

私が注意するとディーノは一瞬、躊躇《ためら》う。だがここまで来てしまったのだから腹をくくるしかない。ディーノは「ミハエル伯爵令嬢はどこかしら」と女性の声になるように高めにして言い直した。

ディーノの声は普通の男性よりも柔らかい質感なので口調さえ気をつければバレることはないだろう。

「あのぉ」

ミハエル伯爵令嬢を探していると頬を赤らめた女性が私に声をかけてきた。

「私、エト・ミネビシと言います。家は子爵家ですの」

知っていますよ。あなたはフィグネリアのお茶会に出て、私を馬鹿にした人でしょう。ちゃんと覚えていますよ。もちろん、ディーノも。だからディーノから冷気が流れ込んでくる。

けれどエトは気づいていない。随分、鈍感なようだ。

「私に何か？」

「お名前を伺ってもよろしいかしら？」

彼女は私とお近づきになりたいようだ。

「申し訳ないが、まだ主催者に挨拶もしていないんでね。失礼」

私はディーノの手を取り、その場から離れた。

「お待ちください」と言ってエトがついて来たが折よく音楽が流れだした。

「ちょうどいい。踊るぞ」

私がディーノの耳元で囁くように言うとディーノは足を止めた。

「ぼ、私、踊れませんわ」

「問題ない。私がエスコートする」

嫌がるディーノを無理やり引っ張って中央に行く。背後をちらりと確認。どうやら引き離しに成功したようだ。

随分しつこい令嬢ね。何とかしないとミハエル伯爵令嬢を探るのに邪魔ね。

「どうして男性パートを踊れるんだ？」

「……」

ディーノの質問に私は目を逸らした。何かを察したディーノは深いため息をつくだけでそれ以上は深く聞いては来なかった。

「エレミヤ様」

ディーノの視線の先には今回の標的、ミハエル伯爵令嬢がいた。

ダンスが終わると私たちはすぐにミハエル伯爵令嬢に近づいた。私がにこりと微笑めば彼女は頬を赤くする。好感触ね。後は彼女と二人きりになれる空間を作ればいい。もちろん、本当に二人きりになる訳じゃない。

彼女にバレないようにこっそりとディーノがついて来ることになる。

二人きりになるのはとても簡単だった。

「あなたのような美しい人と時間を共有したい」とお願いすれば彼女はあっさりと頷いた。貴族の令嬢が会ったばかりの男と二人きりになるなんて（本当は女だけど）いいのかしら。

まぁ、蜜《みつ》から蜜へ飛び移る所謂《いわゆる》『社交界の蝶』という存在はどこにでもいるし、お堅い人間よりも彼女たちの方があっさりと情報をくれるので重宝するけど（私的には）。

「ミハエル伯爵令嬢」

「キャシーとお呼びください」

「キャシー、私には欲しいものがあるんです。どうやって入手しようかと考えていたところ、それが簡単に手に入ると知ったんです。それを知った時はもう狂喜乱舞でした。私が何を欲しているか分かりますか？」

「いいえ」

きょとんとするミハエル伯爵令嬢の耳元に口を近づける。ミハエル伯爵令嬢は面白いぐらい頬を赤くしている。

こっそりとついて来ているディーノが「うわ」と引いている気配がしたが気にしない。私は欲しいものの為なら手段を選ばないのだ。

「私が欲しいものはあなたが持っています」

「私が？」

「ええ。適正価格、もしくは倍の値段を払うので譲っていただけませんか」

「私が与えられるものなら是非。いったい何が欲しいんですの？」

「アヘン」

私はミハエル伯爵令嬢から少しだけ距離を取り、彼女の頬に触れる。ミハエル伯爵令嬢は顔を強張らせていた。

真っ青になった顔からアヘンに関わっていると分かる。所詮は世間知らずのお嬢さん。敵ではない。

「どうして、私がアヘンを持っていると知っているんですの？」

「お気をつけください。ネズミはどこにでも入り込むものです。ですが、ご安心ください。そのネズミは私が排除しました」

ほっとミハエル伯爵令嬢は胸を撫で下ろす。案外、素直ね。

死体を確認した訳でもないのに私の言葉をあっさりと信じた。

「もちろん、アヘンを欲している身です。あなたのことを口外しないことはお約束いたしましょう。譲っていただけますか？」

再度、私が問えばミハエル伯爵令嬢は一瞬だけ迷う素振りを見せたがアヘンを欲している私が自

分の味方だと信じたミハエル伯爵令嬢は了承してくれた。

後はアヘンの受け渡し時に現行犯逮捕だ。だが、その前に黒幕について聞かなければ。彼女が知っている可能性は極めて低いが、ないわけではないのだから。

「これはあくまで好奇心で聞いているのであって、決して深い意味はないのですが、あなたのような伯爵令嬢がどうしてアヘンなどを？　よく手に入れられましたね」

「はい、実は……うっ」

「ディ……」

「下がって」

ミハエル伯爵令嬢の胸元から細い刃物が生えている。彼女は自分の身に何が起きたのか分からないようで目を見開いていた。口から血を流し、刃物が引き抜かれると同時に地面に倒れた。

ミハエル伯爵令嬢に刺さっていた刃物の正体は刀だった。ハクもよく好んで使っている東の業物《わざもの》。

ミハエル伯爵令嬢が倒れたことで彼女の背後に二人の少女がいることが分かった。

一人は白髪に金の瞳をしている。もう一人は薄金色の髪にルビー色の目をしていて、二人とも頭に獣の耳が生えている。

「妖狐《ようこ》」

暗殺を生業とする一族だ。

出身は不明。規模は不明。でも、お姉様が何人か妖狐を飼っていた。その妖狐がマルクア神聖国出身だと言っていた。

アヘンの産地はマルクア神聖国。

簡単に栽培できるものだからアヘン＝マルクア神聖国というのは安直かもしれない。でも、疑うには十分ね。

お姉様も妖狐を飼っているから念の為聞いておこう。まさかとは思うけど、お姉様のことだからアヘンを長引かせるために刺客を送り込んできた可能性もある。

自分や私が疑われないために潜入した妖狐が私のことを知らなくてもおかしくはない。

「誰に雇われている？」

私とディーノを見る少女たちの目はまるでガラス玉の様で何の感情も映してはいなかった。

「ねね様、どうする？」

白髪の少女が薄金色の少女に問う。

「どうしようか、ねね様」

薄金色の少女が白髪の少女に問う。

「「殺しちゃおうか」」

当たり前に流れる日常会話のように二人の少女は私とディーノを殺すことを決定した。

ディーノはすぐに魔法を展開して地面を凍らせた。本当は少女の足を凍らせて地面に縫いつけたかったのだろうが、少女たちは上に飛んで回避。

薄金色の少女はディーノを、白髪の少女は私に向かって落ちてきた。

私は懐に隠していた短刀を抜く。

だが、少女たちの刃が私たちに届くことはなかった。空中に半円状の薄い氷ができている。それが二人の少女の攻撃を遮ったのだ。

氷に弾かれた二人は地面に着地、それと同時に飛んできた無数の氷の刃が少女たちを貫く。

少女たちは血を流しているが、悲鳴を上げることもなければ表情が変わることもない。

「痛みを感じないの？」

私は思わず呟いたが少女たちは当然答えてはくれない。

「ねね様、どうしよう？　動けないね」

白髪の少女が薄金色の少女を見て言う。

「どうしようか、ねね様。動けないね」

薄金色の少女が白髪の少女を見て言う。

「困ったわね」と二人で言うけど本当に困っているようには見えない。私たちは今、命の奪い合いをしているはずなのにその緊張感がまるでない。

彼女たちはディーノの次の攻撃で殺されてもおかしくはないのに呑気な会話を続ける。

「助けてあげるよ。君たちの知っていることをあらいざらい話したらね」

ディーノが提案すると少女たちはお互いを見合った。

「嘘ね」と白髪の少女
「嘘だね」と薄金色の少女が言う。

「私たちは何も話さない。何も明かさない。私たちは、あなたたちに何も提供しない」

「あなたたちも嘘つきね。本当は何も知らされていないんでしょう」

私の指摘に二人の少女は「「そうとも言えるね」」と答えた。

何の情報も持っていないのなら生かす必要はない。

ディーノがとどめを刺そうと魔法を展開したとき、青い炎が少女たちと私たちを遮断するように現れた。ディーノは咄嗟に私を抱えて後ろに飛ぶ。

灰色の髪をした狐面の青年が少女たちの前に現れる。彼の頭にも獣の耳がついていた。

「待てっ！」

男は二人の少女を連れて逃げ去った。ディーノは跡を追おうとしたが炎が邪魔で追えなかった。

「おい、何か騒がしくないか」

「行ってみよう」

騒ぎを聞きつけた招待客の声がした。

「行きましょう、ディーノ」

変に留まるとミハエル伯爵令嬢殺害の犯人にされかねないので、私とディーノはその場から去ることにした。

◇◇◇

「襲われただと⁉」

会場から逃げ出した私とディーノは私の部屋に戻った。

報告を聞いたシュヴァリエは私たちに怪我がないかをざっと確認する。

「妖狐か」

眉間に皺を寄せて呟くシュヴァリエは妖狐について知っているようだ。

「妖狐って何？　ただの狐の獣人じゃないの？」

実際、妖狐と戦ったディーノは首を傾ける。

ディーノの質問にカルラが答えた。

「妖狐とは代々、暗殺を生業としている一族のことです。有力貴族との繋がりも深く、規模も彼らの住む場所も全てが不明。下手に関われば上から圧力がかかり、ミイラ取りがミイラになるという何とも情けない結果を招くことになります」

……有力貴族。

「犯罪者なのに」

不満そうにつぶやくノルンにカルラは淡々と言う。

「自領を守る貴族も国を守る王族も皆、綺麗事だけではどうにもならないことがあるということですね」

「妖狐の裏に貴族がいるのは間違いない。ミハエル伯爵令嬢は口封じの為に殺されたのだろう。おそらく、伯爵家の方も殺されているだろう。変装はしていたし、こちらのことはバレていないと思うが念の為、警備を強化しよう。よろしいですね、エレミヤ様」

「ええ」

シュヴァリエは私の了承を確認した後、指示を出して部屋を出て行った。

「それでは私たちも失礼します」

私の寝る準備を手伝った後、カルラとノルンも下がる。

一人になった部屋で私は水晶を取り出す。水晶にはハクが映し出された。

「ハク、お姉様に取り次いでもらえるかしら」

『少々お待ちください。』

この水晶はハクが持たせてくれたテレイシアにいるお姉様と話せる魔道具だ。

『何、エレミヤ』

時間は遅かったけどお姉様はいつも遅い時間まで執務をしているので起きていると思って取り次ぎをお願いした。案の定、お姉様はすぐに出て来てくれた。

「お姉様に聞きたいことがあります。今日、妖狐に会いました。お互いのことを『ねね様』と呼ぶ二人の妖狐です。何かご存じですか」

『ええ、知っているわよ。白と金の毛色の狐でしょ。あなたのことを知らせていないから間違って殺そうとしたという報告は受けているわ。悪かったわね』

間違いで殺されたくはないんだけど。

「その妖狐が帝国の貴族令嬢を殺害しました。お姉様の指示ですか？」

お姉様は明確な回答はしなかった。為政者という立場上、私の質問を肯定で返すことはできないだろう。

それが分かっていたから私も明確な回答を期待していた訳ではなかった。ただ聞かずにはいられなかったのだ。

お姉様は答える代わりに口元に笑みを刻んだ。それは肯定の笑みだった。

「っ。なぜ。たかが伯爵令嬢をなぜ殺したんですか？」

『帝国では面白い事件が起きているわね。アヘンの蔓延は重症化すれば国力の低下を招くわね』

何でもないことのようにお姉様は言う。

アヘンの蔓延を長引かせるために黒幕と通じている可能性のあるミハエル伯爵令嬢は殺された。お姉様の手下によって。

『ねぇ、エレミヤ。そなたは何しに帝国へ行った？　よもやテレイシアの女王である私の命令を忘れた訳ではあるまい』

帝国を手に入れる。それがお姉様の望み。

カルディアス王国を手に入れるために帝国と手を結んだ。それは叶った。ノワールの弟とフレイヤお姉様が婚姻を結び、カルディアス王国を治めることとなった。

この段階ではまだテレイシアと帝国は対等な関係だ。

だからこそ帝国の力を削ぐ必要がある。テレイシアが帝国の上に立つ為に。

「お姉様の命令を忘れた訳ではありません。けれどお姉様、些か強欲がすぎるのではないでしょうか。お姉様が君主として優秀であることは重々承知しています。お姉様の言うことに間違いはなく、それ故に命令は絶対のものと思っております。全ては祖国、テレイシアの為です。ですが、薫《くん》は香を以って自ら焼く結果になることもあります」

『……』

「？」

お姉様はとても驚いた顔をして私を見る。どうしたというのだろうか。私は何かおかしなことを言っただろうか。

確かにお姉様に苦言を呈したのはこれが初めてだけど、臣下として国を思い苦言を呈するのは当たり前のことだと思う。

お姉様は何か考えた後、気を取り直したように私を見る。

『私の計画が失敗するとでも言いたいの？』

私の心配をよそにお姉様はどこか楽しそうに聞く。

「お姉様の立てた計画が失敗するかどうかは私には分かりません。私が言えることは一つ。計画は人にあり、成敗は天にある以上、欲をかきすぎるものではないということです」

私はそこでお姉様との通信を切った。

「マクベス、ノワールの様子を見て来てくれる。大丈夫だとは思うけど、お姉様が送り込んだ刺客に感づかれると面倒だし」

「御意」

マクベスの気配が室内から消えた。私は背もたれに寄りかかり、ふーっと息を吐いた。

◇◇◇

スーリヤ視点

通信は途絶えた。

「楽しそうですね」

私とエレミヤの会話を聞いていたハクも人のことは言えないと思う。

エレミヤが初めて見せた反抗らしい反抗に、ハクはどこか嬉しそうだ。

「遅い反抗期というやつかしらね」

「恋の力ってことでしょうね」

ハクが言うには似合わないセリフだと思う。本人に言うとムカつくぐらい嫌味な笑みを見せそうだから敢えて言わないけれど。

エレミヤの前では本性を隠しているようだけど、ハクはかなり性格が悪い。

何度、エレミヤに教えてやろうと思ったことか。

「こうなることを予想してたんじゃないですか？」

「さてな」

あれが、ずっと比べられて育ったのは知っている。

愚かではない。ただ平凡だっただけ。それが許されなかったのは王族だから。そして私とフレイヤの存在があったから。

私たちがいなければ、王族に生まれなかったらあの子は努力家で優秀な人間として正当な評価を受けられただろうに。

哀れな子だった。

卑屈になって、それでも認められようと必死になって。

王女として正しくあろうとした結果、私の命令を聞く人形が出来上がった。

「ノワールの元へ行かせたのはやはり間違いではなかった」

一国の王として帝国を弱体化したいと思いはするがノワールのことが嫌いな訳でも恨んでいる訳でもない。妹を任せられるぐらいには信頼しているのだ。

「帝国はどうするんですか？」

「ノワールは侮れない。私が送り込んだ間者には気づいているでしょう。今回は遅い反抗期を迎えたエレミヤの言うことを大人しく聞きましょうかね。でも隙を見せたらいつでも噛みつくつもりで準備はしておくけどね」

私の笑顔にハクは呆れた。

「ほどほどにしてくださいね。でないと、お嬢に嫌われますよ」

エレミヤが私を嫌う訳ないじゃない。

◇◇◇

ノワール視点

「あの女狐にも困ったものだな」

執務室で報告を受けていた俺は苦笑する。

「あなたが放置しすぎるからですよ」

二匹の子狐の首根っこを掴みながらジェイは深いため息をつく。

エレミヤの姉、スーリヤが送り込んできた刺客だ。殺されたのはキャシー・ミハエル伯爵令嬢。

恐らく帝国の弱体化を狙ったスーリヤが少しでもアヘンを長引かせようとして行ったのだろう。

「そう言うな。未来の義姉殿だぞ」

俺がそう言うとジェイはとても嫌そうな顔をした。

ジェイは昔からスーリヤが苦手なのだ。スーリヤはそれに気づいていて、ジェイをよくからかっていた。それが原因でジェイは更にスーリヤを苦手になるという面白い循環ができている。

スーリヤは気に入ったものを構い倒して避けられる節がある。

本人が気づいているかは謎だが。

「俺だって似たようなことをテレイシアに対して行っている。お互い様だろ。それよりエレミヤに怪我はなかったんだな？」

「ええ。しっかりと護衛が守ったようです」

ジェイの言葉にほっとした。

「念のため、エレミヤの護衛を強化してくれ。傷一つつけさせたくはない」

「本当に愛していらっしゃるんですね」

「当然だ」

エレミヤがアヘンについて調査しているのは知っている。あまり危ないことはして欲しくないが彼女の行動を縛りたくはない。

ああいう行動的なところが彼女の好ましい所だからだ。

「子狐共は放してやれ」

ジェイは「また甘やかす」と呆れながらも狐を放す。

子狐二匹は一度も振り返ることなく去って行った。

「しかし、残念だったな。エレミヤの男装姿、是非見てみたかったものだ」

「陛下、こちらを賄賂《わいろ》として献上します」

ジェイがそう言って差し出したのは男装したエレミヤの姿絵だ。

「お前、これどうしたんだ？」

「城内にいる私の部下に描かせました」

正規の部下ではない。

スーリヤと同じように俺もテレイシアや他の国に間者を送っている。影の護衛として城内にも何人か残っている。ジェイはそういう奴らを使ってエレミヤの男装姿をゲットしたようだ。

天井裏からため息が漏れた。まさか自分たちがこんなことに使われると思っていなかったのだろう。俺も思わないよ。でも、立って居るものは親でも使えって言うし。

「要らないんですか？」

俺の心の声が聞こえたのか、ジェイが黒い笑みを見せて絵姿を仕舞おうとしたので俺は瞬時にジェイの腕を掴んだ。

「要らないなんて一言も言っていないだろ」

俺はジェイから姿絵を受け取った。

「因みにこんなものもあります」

もう一つジェイが見せてきたのは美少女の姿絵だ。

「この少女は誰だ？」

俺の傍にもエレミヤの傍にもいない。

「エレミヤ様の護衛騎士、ディーノです」

「ディーノ？」

俺はエレミヤの護衛騎士を頭の中に浮かべた。

ディーノ、ディーノ？

「……ディーノっ⁉」

頭の中で符号が一致した。確かに可愛らしい顔をしてはいるが、ここまで化けるとはな。

「面白そうだったので描かせました」

ジェイがそう言った瞬間、ディーノの絵姿は凍りつき、砕けた。

「おや?」

「……」

きょとんとしながらジェイは後ろを向く。

そこには無表情のディーノがいた。

「何しているの?」

顔に似合わずどすの利いた声はプロの暗殺者の脅しよりも恐ろしいものだった。

「ディーノ、陛下の部屋に勝手に入ってはいけませんよ」

俺の側近として数々の修羅場を潜り抜けてきたジェイにはもちろん通じない。彼は子供を叱るようにディーノに注意をする。

「うるさい。氷漬けにされたいの?」

ディーノとカルラは似ていないと思ったけど、無表情で怒る顔はカルラにそっくりだ。

「エレミヤの絵姿。こっそり隠し持ってることを話してくる」

傍観するつもりだったけど、そうは問屋が卸さないようだ。

「少年、お兄さんとお話をしようか」

俺はディーノをソファーに座らせて何とか説得した。

◇◇◇

マクベス視点

「……何をしてるんだ」

俺はエレミヤ様に言われてノワール陛下の部屋を覗いていた。

エレミヤ様の願いを神は聞き届けてくれなかったようで、残念ながらエレミヤ様を襲撃した二匹の狐はノワール陛下に捕えられていた。更に残念ながら伯爵令嬢を殺した二匹の狐がエレミヤ様の姉君、テレイシア王国女王、スーリヤ陛下の手下だとバレている。

まずいなと思ったが、驚くことにノワール陛下は二匹の狐を放した。それだけではなく、アヘンを独自に調査しているエレミヤ様を心配して影の護衛をつけるように命じている。

ノワール陛下の側近も言っていたが、ノワール陛下はエレミヤ様をとても大切にされているようだ。

普通ならエレミヤ様を捕えて尋問するか監視をつけるのに。

その後はエレミヤ様の男装した姿絵を手に入れて嬉しそうなノワール陛下と襲撃したディーノの攻防があった。

これ以上は居ても何も得られなさそうだと判断して俺はエレミヤ様の元に戻ることにした。

因みにノワール陛下がエレミヤ様の男装した姿絵を隠し持っていることは黙っておいてあげることにした。

折角ディーノを説得してまで死守しようとしているのに俺がバラして、取り上げられたら可哀そうだから。それに俺が命じられたのは二匹の狐に関することだけだから黙っていても問題はないだろう。実害がある訳じゃないし。

「お姉様が放った刺客だと分かった上で何もせずに放したの？」

ありのままをエレミヤ様に報告したら案の定、とても驚いていた。

「その上、私の護衛を強化すると？　監視ではなく？」

「はい。確かに護衛と言っていました」

「信じられない。どうしてそこまで」

エレミヤ様は放心状態になった。俺がいることも忘れて、混乱する頭を整理させる為かブツブツと本心を口に出していた。

「どうして、ノワールは私を怪しまないの？　監視なら分かるけど、護衛っておかしいじゃない。ノワールは本気で私を守る気？　私がノワールの婚約者だから。彼は私の味方ってこと？　私は……ノワールの敵なのに。ノワールだって、スーリヤお姉様の思惑には気づいているはず。狐二匹が伯爵令嬢を殺したのは帝国の弱体化を狙ってのことだって。そうと分かって、妹である私を守るの」

かなり混乱されているようだ。

顔を赤くしたり青くしたり。

エレミヤ様のお立場はとても難しい。ノワール陛下がカルヴァンのような最低野郎だったらエレミヤ様もはっきりとしたお立場に立ち、行動することもできただろうに。

俺は暗殺が得意なただの部下。だからどうすることもできないけど、エレミヤ様がノワール陛下と笑いながら歩める道があればいいのにと思う。その為にはまずアヘンの早期解決だな。

俺はアヘンについて調査すべくエレミヤ様の部屋を出た。ついでにカルラとノルンにエレミヤ様が安眠できるようなお茶を用意するように伝えておいた。

## 十．エレミヤ殺害未遂

翌日、使用人によってミハエル伯爵一家の死体が見つかった。死体の状態からして殺されたのはミハエル伯爵令嬢と同じ時間帯のようだ。

スーリヤお姉様の仕業だろう。

テレイシアの王女としてこのことをノワールに報告する訳にはいかない。したところで、証拠もないので手の打ちようがない。

私はノワールの婚約者だけど彼の味方ではない。

私が分かっていてミハエル伯爵一家殺害の犯人を黙っていることを知ったらノワールはどうするだろう。軽蔑するだろうか。

「……きついな」

「エレミヤ様、どうかなさいましたか？」

ノルンが心配そうに私を見る。私の呟きは彼女の耳には入らなかったようだ。

「何でもないわ」

私は心に住みつくモヤモヤとした感情を振り切るように図書室へ向かう足を速めた。

「エレミヤァっ」

「っ」

「エレミヤ様」

王宮内、白昼堂々と私を殺そうと一人の少女が駆け寄ってきた。

ディーノは瞬時に私を結界で覆い、ノルンとカルラが私を守るように前に立つ。その前には剣を抜いたシュヴァリエ。

私自身も暗器に手を伸ばし、いつでも対応できるように準備をした。

けれど、少女が私たちの元に辿り着くことはなかった。彼女はどこかに潜んでいたと思われるノワールの護衛に取り抑えられたからだ。

「お怪我はございませんか?」

そのうちの一人が私の元へ来て確認をする。

ノワールの予想の範囲内で行われたことのようだ。私自身がアヘンと関係しているという噂を帳消しにする為に動いているけど、もう少し慎重になった方がいいわね。下手をするとノワールの邪魔をしてしまう。

私は暗器から手を引き、姿勢を正す。

「ええ、護衛たちがいますし、陛下の心遣いのおかげでこうして無事ですわ。ありがとう」

そう言って微笑むと彼は少し驚いた顔をした後、優しげな笑みを浮かべた。

「我々は陛下の命令に従っただけですから。それに御身は何れ国母となられる。臣下としては当然のことをしたまでです」

そう彼が言うと捕らえられた女が吠える。

「ふざけるなぁっ！　国母となられるのはフィグネリア様よ！　あんたなんか皇后に相応しくはないわ！」

涎《よだれ》を垂らしながら吠える様はまるで獣。王宮内にいることと彼女の身なりから彼女が貴族であることは分かるけど、今の姿だけで見れば彼女が貴族だと言われてもくだらない冗談だと笑い飛ばしてしまいそうね。

思考が暴力に偏っているし、瞳孔も開いている。完璧なアヘン中毒者ね。

「黙れ！」

彼女を取り抑えている騎士が拘束を強めた。彼女は恐らく腕を痛めただろう。けれど、彼女に痛がる素振りはない。興奮のせいか、アヘンのせいか。痛みを感じる神経が麻痺しているのだろう。

「皇后になるのはフィグネリア様よ。それ以外にないわ。それにフィグネリア様と陛下は愛し合っているのよ！　それをお前が引き裂いた」

「よまい言を」

ノワールの側近たちは憤る。周囲にいる貴族たちからは疑惑の声が上がる。

フィグネリアはノワールの有力な婚約者候補であったことは私も知っている。私がいなければ彼女が今の私と同じ地位にいただろう。

……フィグネリア様、ねぇ。

「あなたはフィグネリア様の為にやったの？」

「そうよ！」

少女は即答した。周囲の貴族は完全に彼女をフィグネリアの手下と認定した。この騒動の黒幕はフィグネリアだと。相手が放つ言葉を鵜呑みにする。何とも愚かなことか。

先帝のせいで碌な貴族がノワールの手元には残らなかったと聞いている。けれど、これではまるで烏合の衆ではないか。

ノワールに同情する。

「フィグネリア様がそうしろと命じられたの？」

「あの方はそんなことを命令しないわ！」

「そう。でも変ねぇ」

私はこてりと首を横に傾ける。

「あなたの行動、ここで彼女の名前を出すこと。それらを踏まえて考えると、あなたの行動はフィグネリア様の首を絞めていることに等しい。フィグネリア様の為と言うけど、本当はフィグネリア様を貶める為にやっているのではないかしら？」

「なっ」

驚愕で言葉を失う少女に私は畳みかけるように言う。

「だっておかしいじゃない。ここで彼女の名前を出すなんて。彼女に指示されたと言っているようなものじゃない」

「ちが、違う」

「ここで否定するのね。でも、それは庇っていると捉えられるのではなくて？　余計にフィグネリア様に対する疑心を植えつけるだけだと思うけど」

私の言葉に周囲は「確かに」と納得し始めた。黒幕はフィグネリアではなく別にいると周囲は思い始めている。少女は何も言えなくなってしまった。

捨て駒にするにしてもお粗末すぎる駒ね。私を殺せればラッキーだと黒幕は思ったのか。フィグネリアの名誉を傷つけて得する人間がいるのか。

フィグネリアが貶められて困るのは誰だと聞かれたら真っ先に思い浮かぶのはノワールね。彼の後見人はフィグネリアの父、コーク侯爵。

ノワールの敵は多い。先帝を弑逆して玉座を奪ったのなら尚更。

「キャロライン、どうして」

「……リーゼロッテ様」

リーゼロッテとノワールが一緒にやって来た。騒ぎを聞きつけて、偶然居合わせたのか。それとも一緒にいたのか。

どうしてそんなことが気になるのだろう。兄妹なのだ。別に一緒に過ごしても問題はない。たとえ無自覚とはいえリーゼロッテがノワールに好意を抱いていたとしても。

彼の婚約者は私なのだから。

それにどうやら私を殺そうとした少女の名前はキャロラインでリーゼロッテの友人のようだ。

さて、これはどちらにとって都合が良いのだろう。

私はノワールを見る。彼が仕組んだことなのだろうか。リーゼロッテの言動は幼い。とてもじゃないが一国の皇女が務まるはずもない。なぜ野放しにしているのか。

下手に嫁に出して外交問題、最悪の場合は戦争の引き金になるから容易くやれなかった。では国内は？　先帝が死に、ノワールがどう出るか分からない以上は貴族もリーゼロッテを貫いたいとは思わない。

処分に困っていた？

私の中で一つの仮説ができていく。

「キャロライン？　というのですね。彼女は。王宮で白昼堂々と私を殺そうとしたんです」

「そんなはずないわ！　殺しだなんて」

リーゼロッテの顔が青ざめる。

「きっと何かの間違いよ」

手違いで殺されたくないんだけど。それにこの状況でよく言える。野次馬たちも呆れている。

「そうよね、キャロライン。あなたがエレミヤ様を殺そうとするはずないわよね」

リーゼロッテは護衛の制止も聞かずにキャロラインに駆け寄り、慈愛に満ちた目で彼女を優しく包む。

「皇女様、私、私は……うっ」

キャロラインは泣き出してしまった。そんな彼女をリーゼロッテは「大丈夫よ」と声をかける。

当然だが、大丈夫なはずがない。皇帝の婚約者でありテレイシアの王女を殺そうとしたのだ。彼女には死刑以外の道は用意されていない。

どのみちアヘンで体はボロボロ。そんなに長くは生きられないだろう。

死が早いか遅いかの違いだ。

「リーゼロッテ、お前はエレミヤを殺そうとした犯人を庇うのか？」

成り行きを見守っていたノワールから低い声が放たれた。さすがのリーゼロッテもノワールが怒っていることには気づいたようで体を僅かに震わせた。

私にはノワールが若干、嬉しそうに見えるのだけど。

「キャロラインは人を殺せるような人ではありません」

「ではエレミヤが嘘をついたと言うのか」

「そ、それは」

確かにリーゼロッテの言葉を鵜呑《うの》みにすればそうなる。もちろん彼女がそんなつもりで言った訳ではないことは私もノワールも分かっている。でも、それじゃあダメなんだ。

「それにお前の言う人を殺せる人間とはどういう人間だ？」

「……」

答えられないリーゼロッテにノワールはため息を吐く。リーゼロッテに呆れているという表情を隠しもしない。

なるほど。ノワールの意図が見えてきた。やはり、この状況はノワールによって仕組まれていた。私がアヘン関係者であるという噂が流れてすぐに手を打たなかったのも利用しようと考えたのか。

一体どこから計算していたのか。

「悪人面している奴か？　いかにも人ひとりは殺してますって顔か？　そんな奴ばっかりだったら憲兵は苦労知らずの集まりだな」

皮肉交じりにノワールは言う。リーゼロッテの目に涙が浮かんでいる。でも誰も助けには入らない。リーゼロッテが連れている護衛も侍女もリーゼロッテを庇おうともしない。彼らにとってリーゼロッテはあくまで命令を下す上司ということか。

「それにキャロラインはこちらの調べではアヘンを服用している。リーゼロッテ、お前がエレミヤに引き合わせようとしていた令嬢もアヘンを服用していたな。引き合わせる予定だったはずのお前はボイコット。代わりにエレミヤが行くことになり、現場を抑える羽目になった。にもかかわらずエレミヤがアヘン中毒者であるかの様な言葉を公衆の面前で使って貶めた」

「私は貶めてなど……」

「お前にそのつもりがなかったことも、悪意がなかったことも分かっている。純粋にエレミヤを心配してのことだということも」

ノワールの言葉を聞いてリーゼロッテは安堵していたが周囲の反応を見るに安堵できる状況ではない。

ノワールの言葉を鵜呑みにするのならリーゼロッテが私を貶めようとしていたことになる。その証拠に「エレミヤ殿下はアヘンをしてはいなかった?」「関りがなかった」「寧ろ関わらせたのは皇女殿下の方」「アヘン中毒者を次期皇后になられるエレミヤ殿下と引き合わせるなんて」という声が上がってる。

噂はリーゼロッテが私を貶める為に流した卑劣なものだったと周囲に認識された。これでリーゼロッテの社交界での地位は下落。

無能なリーゼロッテを皇帝にして陰で牛耳ろうと考えていた連中もこれで大人しくなるだろう。

私を貶めようとしたなんて噂のあるリーゼロッテと一緒にいれば、要らぬ火の粉を浴びかねない。

「だが、お前の言葉でエレミヤがアヘンと関係しているという噂が流れている。しかもこともあろうにお前は茶会でよく口にしていたようじゃないか、エレミヤが心配だと」

『エレミヤが心配』

その言葉の何が悪いのか分からないリーゼロッテは首を傾ける。その様子にノワールはため息をつき、野次馬たちは眉を潜める。

これで完璧にリーゼロッテの派閥から人がいなくなる。

だって、彼女の悪意なき言葉が自分の名誉を傷つけるのだもの。それも『心配』という体裁を整えて。誰が一緒にいたいと思う。

貴族社会は自分の地位を守る為に、欲しいものを手にする為に、常に足の引っ張り合いが行われている。そんな最中、陣営にリーゼロッテのようなタイプがいたら致命的だ。

「誰もが思っただろう『エレミヤはアヘン中毒者。お優しいリーゼロッテはそれを心配しているのだと」

「でも、実際にエレミヤ様がアヘンを吸引してしまったのは事実ですよね。私のお友達が吸引していたアヘンが部屋に充満して、それを知らずにエレミヤ様がアヘンを吸引。あれは依存性の高いものですし」

その言葉に野次馬たちの呆れる声と私に対する同情的な眼差しを感じた。

「お前は馬鹿か。アヘンに気づいた護衛の一人がすぐにエレミヤを結界で囲った。それに彼女は部屋に入ってすらいない。その状態でアヘンを吸引するなどあり得ん。先ほど襲われた時にエレミヤに張られた結界を見たものもいるだろう。これほど完ぺきな結界だ。アヘンの入る隙などない。それに仮に吸引したとしてもほんの一瞬。それで依存するなどあり得ん」

「そうなんですか！」

リーゼロッテは驚く。そしてすぐに安堵する。

「良かったですわ。私はてっきりエレミヤ様がアヘンに依存してしまったと思ってとても心配してたんです。私の早とちりみたいですわね。本当に良かった」

何が良かったのだろうか。

彼女の不用意な発言が私を貶め、最悪の場合は社交界から追放。皇后にはなれず、国に戻されたところで良くて修道院送りになっていた可能性だってある。

それに普通の貴族令嬢はストレスに弱い。私のような立場に追い込まれたら自殺したっておかしくはないのだ。

彼女は何も分かっていない。自分がどれほどのことを為出かしたのかを。


早とちり？


その程度で済まされることではないのだ。ましてや相手は、私テレイシアの王女なのだから。

それに気づいている野次馬だけが顔を青ざめさせている。

周囲がこれだけ分かりやすい態度を示しているのに、どうして彼女は気づかないのだろう。私の護衛だって殺気立っているのに。

ある意味、天才ね。

「私は初めからアヘンなどしておりませんわ。なのに周囲が誤解をして噂が独り歩きをして、とても不快でしたわ。中には嫌味を言う人もいましたし」

「そうなんですね。心無いことをする人もいるんですね」

まるで他人事のような返しに私の護衛の殺気が高まる。

ノルンもディーノも魔力を展開させ、シュヴァリエは剣を握る手に力を籠める。

いつでも斬りかかれる状態になっている。

「元をたどるとあなたが発端ですよ」

「え？」

分からないと彼女の顔に書いてある。そうだろう。彼女はただ心配していただけ。噂を流していたなんて思いもしない。

同じ王宮内にいる皇女が口にするだけでどれほど噂に真実味を持たせてしまうのか。それを分かっていない。

「あなたはもう少し自分の影響力を理解した方がいいですわよ」

最後まで理解できない顔をしていたリーゼロッテと周囲を残して私は部屋に戻った。さすがに疲れた。

◇◇◇

フィグネリア視点

「どうして邪魔ばかり入るのかしら。キャロラインならエレミヤを殺してくれると思ったのに。あの役立たず」

私はアウロ様の部屋を訪ねていた。

アウロ様はイライラしながら部屋の中を歩き回っている。癖だろうか。親指の爪を噛んでイライラを逃がそうとしている。

アウロ様のソファーの上には灰色の毛の狐が寝そべっている。ペットだろうか。

こちらには全く興味を示さない姿は何だか生意気だ。

「アウロ様はそんなにエレミヤ殿下を排除したいのですか？」

「当たり前よ！」

鬼のような形相でアウロ様は怒鳴る。

うわ、怖い。

「何かされたんですか？　そこまで憎んでいるということは以前、何かあったとか？」

「何もなかったわ。ノワールの婚約者として紹介された時が初対面よ」

それなのに、そこまで憎んでいるの。理解不能。

「では、どうしてそこまで憎んでいるんですか？」

「エレミヤが憎いんじゃないわ。この国が、ノワールが、あの男の血を引いた男が憎いの」

〝あの男〟とは前皇帝陛下のことだろう。

アウロ様は元は小国の王女。帝国との戦いに敗れ、無理やりこの国の側室にされた。

「あの男の血を引くノワールが、彼を肯定する全てが憎いの。あの男はあの人を殺した。私の愛する人を、私の番を殺したのよ」

アウロ様には婚約者も恋人もいなかったと聞く。

番がいたのならすぐにでも婚約あるいは結婚をしていたはずだ。それがなかったのは番とは身分が合わなかった。

下級貴族かあるいは貴族ですらなかったかもしれない相手。どのみち、結婚はできなかっただろう。

「エレミヤ様は帝国の人間ではありませんわ」

「分かっていないのね、フィグネリア。そんなの関係ないのよ。ノワールが愛した女よ。彼女をノワールの前で殺したらどうなるかしら？」

愛する番のことでも思い出しているのだろうか。目から涙を流しながら笑う姿は常軌を逸していた。

私だって愛する人がいる。だから彼女の気持ちが分からない訳でもない。だからってエレミヤ様を狙うのは理解できないけど。

それにノワール陛下が簡単にエレミヤ様に手を出させるとは思えない。

「私があの人を失ったように、彼も愛する人を失えばいいのよ」

笑うアウロ様には狂気があった。自滅も間近ねと私は心の中で嘲笑った。

「確かに、エレミヤ様や陛下ばかりずるいですわよね。あなたはこんなにも不幸なのに」

こういう手合いの女に何を言えばいいのか。私はとてもよく知っている。

この世の不幸を全て背負ったような顔をして、全てを恨み、周囲を巻き込んで自滅するタイプの女。

私が世界で一番嫌いなタイプの女だ。

愚かで哀れな女。私は知っている。

この世は不幸で溢れている。不幸の背比べをするつもりはないけど、それでも知っている。世の中には嘆くことすらもできない不幸があることを。

肯定をしてあげる。

「あなたが帝国を恨むのは当然ですわね。復讐は正当です。だって、あなたにはそれをするだけの権利がある」

哀れんであげる。

「このままではアウロ様が可哀そうです。陛下はエレミヤ様と出会い幸せになるのに、あなただけがいつまでも不幸のまま。取り残されていくなんて」

さぁ、動いて。

舞台を用意してあげる。役者も揃えてあげる。武器も握らせてあげる。

だけど、振り下ろすのはあなたよ。あなたが殺すの。自分の手で、自分の意志で。

そこまで言うのなら自分の手ぐらい汚して見せなさい。

「オルファーノ」

アウロ様は狂気に満ちた目を爛々《らんらん》と光らせながらソファーの上で眠る狐を呼んだ。

オルファーノと呼ばれた狐のペットはアウロ様の腕の中に飛び込んだ。

アウロ様はオルファーノを抱いてどこかへ行ってしまう。

「アウロ様の監視を強めて」

私は天井裏にいる私の護衛に命令をした。

命令を受けた護衛の一人がアウロ様を追っていった。

「お嬢」

楽しいお茶会を終えると全身黒ずくめの男が一人私の前に現れた。アウロ様を追っていた護衛とは別の護衛。彼は我が家に仕える暗部の一人。

「お嬢の友達がエレミヤ王女殿下をお茶会に招待したいそうです」

「そう」

バカな子たち。敵うはずがないのに。

「いかがします？」

「放っておけばいいんじゃない。自滅する人間に興味なんてないもの。私の名前を出さないようにだけは見張っておいてちょうだい。もしちらっとでも出すのなら構わず殺しちゃって」

「畏まりました」

「それとこのことはお父様にも報告しておいて。きっとお父様の方からあのお方に報告が行くでしょうから」

「はい」

ひとまずの命令を受け取った彼は私の前から姿を消した。

「どこに行っても苦難の道のりね、エレミヤ様」

## 十一．エルヘイム帝国の貴族令嬢

「これはご機嫌取りのつもりですか？」

私を暗殺しようとした令嬢は牢屋に入れられた。

彼女がアヘンをしていたことから今、邸内をくまなく騎士たちが調べている最中だ。

この先の処分はまだ決まっていないが、テレイシアの王女でノワールの婚約者である私を暗殺しようとしたのだ。彼女は処刑されるだろう。

家族は、両親の方は監督責任を問われて最悪死罪。よくて流刑だろう。彼女には兄弟がいるそうだが、家督を継ぐことはできない。

貴族位を剥奪され、領地は没収となるかもしくは親戚が継ぐことになるだろう。

そしてひと段落を終えた頃にノワールが美味しいお菓子と花を持って私の部屋を訪ねて来た。

侍女と護衛は下がらせているので今は部屋に二人きりだ。

「それもあるし、謝罪も含まれている」

「あら、何に対する謝罪ですか？」

「言わなくても気づいているだろう」

カルラの淹れた紅茶を飲みながらノワールが私を見る。

「ノワールはリーゼロッテ皇女を最終的にはどうするおつもりですか？」

今回の件でリーゼロッテは社交界での地位を失った。彼女は年齢的にまだ社交界デビューを果たしてはいない。先帝の件でバタバタしていたこともあるだろう。

皇女として最低限の付き合いがあるだけだ。

これから社交界デビューをして、皇女として有力な貴族との繋がりを持つ為に動かなくてはならなかった。

でも不用意な発言で他国の王女を意図せずに貶めてしまった彼女と親しくなろうという貴族はい

ないだろう。

誰も要らぬ火の粉は浴びたくはないだろうし、たかが栗を拾うために火中に手を突っ込んだりはしないだろう。

火中に貴族が手を突っ込むときは火傷をしてでも拾う価値があると思った時だけだ。だから王族は貴族にその価値を示し続けなければならない。

こうなることをノワールは予測していた。もしくは何らかの手段でそういった現状を作り出してリーゼロッテの地位を失わせるつもりだった。

だからこそ放置した。リーゼロッテの行いを。もちろん、私には自分の護衛以外にノワールがつけていた護衛がいることには気がついていた。それが倍になっていることも。

「リーゼロッテを排除するつもりですか？」

「エレミヤはリーゼロッテをどう見る？」

「善良な人間。平民であれば幸せに、自分らしく生きることができたでしょう」

「なかなか辛辣だな」

暗に皇族には向いていないという私の言葉をノワールは否定しなかった。

「『平民であれば』か。だが残念なことに彼女は皇女として生を受けた。平民なら善良だの天然だので許されることでも皇族や貴族では許されない。ただ一つの間違いすら許されないことがある。毒にも薬にもならない娘であればまだマシだった。適当な相手を見繕って他所にやればいいのだから」

でもリーゼロッテは違う。

彼女は無意識に行っているみたいだったけど『心配』という言葉に悪意を乗せてくる。まるで体に絡みつく大蛇のように締め上げて、動けなくする。

悪意なき悪意。

それがリーゼロッテの一番恐ろしい所だ。

「敵のみを殺すのなら問題ない。だが誰彼構わず周囲を巻き込んで自滅するような危険な毒を孕んでいるような娘をどうすべきかは、聡いお前なら言わずとも分かるだろう」

「そうですね。私も同じ王女ですから」

私の言葉にノワールは苦笑した。それがどこか寂しそうだったのは決して私の目の錯覚ではないだろう。

どうして、私とあなたは王族として生まれて来てしまったのだろう。

私はテレイシアの王女。あなたは帝国の皇帝。

私は祖国の為ならどんなことも躊躇わずに行う。行わなければならない。

だから決めた。私はノワールを好きにはならない。いつか、私は彼を『祖国の為』という理由で裏切るかもしれないから。

それなのに愛することはできない。そんな残酷なことはできない。

どうして私たちは王族に生まれてきてしまったのだろう。

もし、王族に生まれなかったら私は自分の気持ちに素直になれただろうか。

いや、止めよう。『もしも』なんて考えるだけ不毛だ。仮定に意味はない。

「エレミヤ、ここ最近は忙しくて顔をあまり出せていないが何か不自由はないか？」

「あなたが忙しいのは知っていますので、気にしないでください。皆さんに良くしてもらっているので大丈夫です。そう言えば、お茶会の招待状をいただいたんです」

「招待状？」

「ええ」

訝しむノワールに私は招待状を渡した。招待状の主はルーフェン侯爵令嬢。

「楽しいお茶会になりそうですわ」

私が言うとノワールは苦笑した。

「手助けは？」

「必要ありません。ルーフェン侯爵は必要な方ですか？」

「いいや」

「では、やり過ぎても問題はありませんわね」

「ああ」

ノワールの許可も貰ったことだし、お茶会には参加すると返事を書こう。

「また都合がついたら、一緒に王都を観光しないか？」

「あら、デートのお誘いですか？」

私が冗談交じりに聞くとノワールはあっさりと頷いた。からかうつもりだったのに、あっさりと肯定されて逆にこっちが恥ずかしくなってしまった。

「ああ。お前も気がかりなことがあったからあまり楽しめなかっただろう。今度は何も気にせず楽しみたい」

私がアヘンの調査をしていたのに気づいていたのね。

それに何気に私がデートを視察と勘違いしていたことを根に持っているわよね。

「いいのですか、皇帝と婚約者がそんな頻繁にお忍びデートなんかして」

ちょっと意地悪のつもりで言ったらノワールは妖艶な笑みを浮かべた。

「問題ない。お前のことは俺が守るからな」

「っ」

どうしてそんな恥ずかしいことを真顔で言えるのだろうか。

それとも王族や貴族の男はそういう生き物なのだろうか。私が慣れていないだけ？

「に、日程が決まったら教えてください。その日は予定を空けておきます」

「ああ。頼む」

ノワールは仕事がまだ残っているとのことだったのでお茶の時間が終わるとすぐに執務室に戻っていった。

◇◇◇

「エレミヤ様」

ノワールが出て行った後、マクベスが私の前に降り立った。

「先ほど、我々と同じ暗部の者が様子を見に来ていました」

「様子を見ていただけ？」

「はい。敵意は感じませんでした」

立場上、私のことを知りたいものは大勢いるので仕方がない。一人一人相手にしてはそれこそキリがないだろう。

「どこの家の者か分かる？」

「申し訳ございません」

「別にいいわ」

何かあれば向こうから接触してくるだろう。

「それよりもルーフェン侯爵家について調べてくれる」

「畏まりました」

マクベスがいなくなった後すっかり冷めてしまった紅茶を飲み干す。

「どこに行っても退屈しないわね」

蛇が出るか。あるいは別の何かか。


マクベスの調査結果。

ルーフェン侯爵はどうしようもないクズだということが分かった。

下位の者を人間とは思っていない典型的な上級貴族。欲しいものを手に入れるのなら手段は選ばない。そうやって潰された店が幾つもあった。

令嬢と奥方や侯爵自身も散財が激しく、家計は火の車。借金を返す為に借金をしている状態だ。

そして令嬢の方はフィグネリアの取り巻きの一人。

マクベスに調べてもらったお茶会の参加者全員、フィグネリアの取り巻き。

フィグネリア。どういう人なのかまだはっきりとは分からない。

ノワールは聡明な人だと言った。私もそう思う。そしてとても食えない人。何となくノワールと同類のような気がする。

敵か味方かもはっきりしない。調べようにも向こうのガードが固くてなかなか調べられない。

ノワールの元婚約者候補。

◇◇◇

お茶会当日。

「お招きありがとう、ルーフェン侯爵令嬢」

「来ていただけてとても嬉しいですわ、エレミヤ殿下」

簡単な自己紹介をした後は当然だけど、和やかなお茶会にはなるはずもない。

彼女たちの目も右上を向いている口角も私を嘲笑っている。

「エレミヤ殿下は武術に精通しているとうかがったんですけど、本当なんですか？」

「本当よ。テレイシアの王族は男女関係なく全員が武術を習うの」

「実戦も経験されたとか」

恐々としながら一人の令嬢が聞いてきた。実戦なんて彼女たちには無縁の話だ。その為、口にするだけでも恐怖を彷彿とさせるのだろう。

「実戦で使えないと意味がないもの」

「勇敢なんですね」

ルーフェン侯爵令嬢が英雄に憧れる子供のような顔で言う。

「私には到底、真似できませんわ。恐ろしくて。それに剣を振るなんてはしたないとお父様に怒られてしまいますわ」

それはつまり私がはしたないということかしら。

ルーフェン侯爵令嬢はにっこりと笑って私の返しを待っている。他の人もそうだ。だから私も微笑みを彼女たちに向ける。

「王家とは民を守る為の盾であり、剣。恥じることなどどこにもないわ。寧ろ、何の力も持たない平民の女子のように片隅で震え上がっていることこそ恥」

ルーフェン侯爵令嬢は眉間に皺を寄せた。けれど相手は他国の王女。ここで声を荒げるのは悪手。根性で笑顔を作ってはいるけれど完全に引き攣っている。ダメね。淑女なら悟らせないものだ。

「私たちが平民と同等とでも言いたいのですか?」

「あなたにノブレス・オブリージュを果たす気概があるのなら貴族なのでしょうね」

いざという時は剣を持って民の為に戦ってみせろ。それができずに逃げ出すのなら、守られるだけならあなたに貴族である資格はないと私は言った。

周囲の貴族令嬢から息を呑む気配がする。

ルーフェン侯爵令嬢は持っている扇子をへし折ってしまった。

「ごめんあそばせ、ひびが入っていたみたい」

「まぁ、大丈夫。怪我はしなかった？」

「ええ。お気遣いありがとうございます」

「ひびが入っていたとしても、そのような折れ方をするなんて。力持ちなんですね」

ぴしりとルーフェン侯爵令嬢の額に青筋が幾つも浮き上がっている。この場で私の次に地位の高い彼女が怒っていることに他の招待客は怯えている。

彼女たちはルーフェン侯爵令嬢の威を借りて私を貶めようと考えていた愚劣なハイエナ。この程度の分際でよく加担しようと思ったわね。浅慮過ぎじゃないかしら。

「私のお父様は外務大臣をしておりますの」

「存じておりますわ」

ただし、お飾りだけどね。仕事は全て部下に任せているのは調べがついている。

「陛下も父の言葉を無視することはできませんわ」

父親の威を借りに来た。でもノワールは潰しても問題ないと言っていた。つまり侯爵はノワールに影響を与えられるだけの力はない。

「侯爵が優秀であれば陛下が重宝されるのは当然ですね。けれど、それはあくまで意見を聞くということ。言いなりになる訳ではありませんわ」

「っ」

「と、当然ですわ。陛下はどこぞの王のような傀儡になるような愚か者ではありませんわ」

さっきまで黙って成り行きを見守っていたレイチェル伯爵令嬢からの援護射撃がきた。私とルーフェン侯爵令嬢に視線を向けられて僅かにたじろぐが、それでもぐっと踏み止まって続けた。

「エレミヤ殿下、少しはご自分の立場を弁えた方がよろしいかと」

「言っている意味が分からないわね。あなたこそ、弁えるべきではないの？」

「っ。あ、あまりものの癖に。ノワール陛下にお情けでもらってもらった飾りものの婚約者の癖に。その地位は本来ならフィグネリア様のものなのに。あなたが横取りした」

目には怒りの炎が燃えさかっていた。

「カルディアスではカルヴァン元陛下にはすでに恋人がいたとか。あなたがその仲を引き裂いた。帝国で陛下とフィグネリア様の仲を引き裂いたように」

「身分違いの恋をすれば、そうなるのは必然。そしてたとえ身分が釣り合っていたとしても婚約者の地位を得られるとは限らない。必要なのは有益か否か。あなたは伯爵家の令嬢なのにそんなことも知らないの？　だから平気で平民の愛人を囲えるのね」

「なっ」

顔を真っ赤にして体を震わせるレイチェル伯爵令嬢。これでは肯定しているようなものだ。その証拠に他の令嬢たちから好奇の目を向けられている。

社交界では面白おかしく噂されるだろう。彼女たちによって。彼女たちも一枚岩ではないようだ。

「ラマハ伯爵令嬢も笑い事ではないでしょう。あなたの婚約者は下級貴族の娘に熱をあげているとか。気を付けないと盗られてしまいますわよ。ウサギだと思っていた相手がキツネだったなんてよくあることですもの。現にあなたの婚約者はあなたとの婚約破棄の為に動いているとか」

「何ですって！」

あまりのことに立ち上がったラマハ伯爵令嬢。その衝撃で椅子が後ろに倒れ、紅茶が僅かに零れ真っ白なテーブルクロスに染みをつける。

「ラマハ伯爵令嬢は今十八歳でしたわね。婚約破棄をされてすぐに相手を見つけないと行き遅れになってしまいますわよ。お茶会に出ている余裕はないのではないかしら？」

「っ。火急の用ができたので失礼しますわ」

そう言ってラマハ伯爵令嬢は鬼の形相のまま行ってしまった。きっと今から婚約者をとっちめて、牝狐と一戦交えるのだろう。ど修羅場ね。

「わ、私も失礼しますわ」

「私も」

「私も」

「ちょ、ちょっと、待ちなさいよ」

ルーフェン侯爵令嬢の制止を無視して次々に招待客たちは立ち上がり、逃げるように去って行く。

みんなやましいことだらけなのだろう。暴かれてはたまらないと競うように行ってしまった。

残ったのは紅茶の味と香りを楽しむ私と主催者のルーフェン侯爵令嬢のみ。

「布団を干す際に埃を出す為に使用人たちが頑張って叩いていますが、今回の布団には綿の代わりに埃が入っていたみたいですわね。おかげで、埃を抜かれた布団はただの布切れになってしまいましたわ」

「王女殿下は布団叩きがお上手なのですね。ノワール陛下に捨てられたら使用人に就職することをお勧めしますわ。良かったらご紹介しましょうか」

ルーフェン侯爵令嬢は完全に笑みを消していた。憎々しそうに私を睨みつける。

「必要ありませんわ」

「随分と自信があるんですね」

「ええ。陛下に毎日愛していただいてますから」

「なっ！　ふ、ふしだらな」

顔を真っ赤にして怒鳴るルーフェン侯爵令嬢が何を誤解したのかはすぐに分かった。私は初心な反応をする彼女が面白くて、クスクス笑った。

「自信があるから私はここにいるのよ。貴族の甘言に惑わされるような無能ならテレイシアの女王は私を斬って捨てたでしょう」

「物騒なお姉様ですね。さすがは女だてらに武器を振るう国の長。野蛮ですわ」

「あなただって不要と判断すれば切り捨てられるのよ。あなたのお父様に。そして皇帝陛下に。これではお茶会もできませんわね。お開きにしましょう。それでは失礼。今日は楽しいお茶会だったわ。また是非、招待してね」

一礼してノルンと共に出て行く私に「二度とごめんだわ」というルーフェン侯爵令嬢の囁きがしっかりと聞こえていた。

それに私はクスクスと笑う。

「そうね、二度とないでしょうね」

◇◇◇

「エレミヤ様」

お茶会を終えて、王宮に帰る為に馬車へ向かっていると奇妙な気配を感じた。

すぐに気が付いたノルンが私の前に出る。シュヴァリエは剣を抜く。

青い衣を羽織った、青い狐面を被った妖狐が数人現れた。

周囲に人の気配がなくなった。おそらく、結界だ。私たちは妖狐の結界内に閉じ込められた。

妖狐。お姉様の子飼い、ではないわね。

妖狐の一人が掌から青い火の玉を出した。火の玉が分裂して私たちに向かってくる。

ノルンは至極色の炎を出して妖狐の火の玉を相殺。次に突風が吹き、妖狐たちを襲う。目を開けられないほどの突風だ。妖狐たちは仮面で顔を隠してはいるが、それでも突風が効いているのか腕を目の位置に持ってきて、庇っているようだった。

その瞬間にシュヴァリエが妖狐たちの背後に回り、斬りかかる。

しかし、相手もプロだ。背後のシュヴァリエに気づき、シュヴァリエの剣を刀で受け止めた。

「何者だ。この方が誰か分かった上で襲っているのか？」

「……」

妖狐たちは答えない。

妖狐の一人がシュヴァリエの剣を受け止める。シュヴァリエに比べてとても華奢に見える。あんな細い腕でよく受け止めたものだ。獣人の特徴か。

獣人は基本的に人よりも力持ちで身体能力が優れている。訓練された獣人と人では長期戦になれば人の方が不利だろう。

別の妖狐がシュヴァリエに背後から斬りかかる。シュヴァリエは自分の剣を受け止めている妖狐の腹部に蹴りを入れて遠ざける。

背後から斬りかかった妖狐の剣を受け止める。

まだ近くに妖狐が二匹。腹部を蹴られた妖狐だって倒せていない。ノルンが魔法で援護しているけど妖狐たちも魔法が使えるようだし、形勢は不利なまま。どうする。

活路を見出そうと戦闘を見守っているとパリンと何かが割れる音がした。結界内に数人の騎士が侵入してきた。

「エレミヤ様、我々は皇帝陛下の命令で護衛についていた騎士です。結界を破るのに手間どり、申し訳ありません。後はお任せください」

これで人数の問題は解決した。

ノワールがつけていた護衛だけあってかなり優秀だ。初対面のノルンやシュヴァリエの邪魔にならないように連携して攻撃をしている。

もちろん、シュヴァリエやノルンが有能でなければできないことでもある。

有利だった妖狐が徐々に押されだした。それでも妖狐に引く気配はない。こちらとしては好都合。捕えて、雇い主を吐かせなければいけない。

「なっ！　捕えろっ！　自決をさせるな」

どうやら口の中に毒を含ませていたようだ。不利と悟った妖狐が毒で自決を始めた。

生まれた時から暗殺者として育てられる彼らは死に対する恐怖がないのだろう。そういうふうに育てられる。

哀れな人形。

シュヴァリエは目の前にいる妖狐の口の中に即座に手を入れ、毒を取り出す。そして間髪を容れずに手刀で意識を奪う。

襲ってきた妖狐は全部で六人。自決に成功したのは四人。シュヴァリエとノワールがつけていた騎士の一人が捉えた妖狐は二人だ。

この二人がどこまで情報を吐いてくれるかは分からない。拷問に対する訓練も受けているだろう。

◇◇◇

アウロ視点

「どうして、どうしてぇ！」

私は髪が乱れるのも気にせず、怒りを発散するように頭を掻きむしる。

落ち着かなくて部屋の隅を行ったり来たりする。

爪が痛むのも気にせずに噛む。それでもイライラは収まらない。

「何でさっさと殺さないのよ。それだけがあんたらの存在価値でしょう」

すました顔でソファーで丸まっている灰色の狐を怒鳴りつけた。

私の部屋には私が呼ばない限り使用人は近づかないので多少、大声を出した所で問題ない。

狐は目を開けて面倒そうに私を見る。

ソファーから降りたと思ったら灰色の髪をした青年の姿に変わる。

「エレミヤの殺害はあくまで付属だ。それに成功率はかなり低いと言った。勘違いをするな。暗殺者は暗殺者でしかない。死んでも問題ないお前と違ってエレミヤには常時、護衛が張りついている。暗殺者は戦闘のプロではなく暗殺のプロだ。真正面から護衛とぶつかって勝てるはずがない」

やれやれと言った感じで妖狐の青年、オルファーノは肩をすくめる。王族である私を馬鹿にする態度だ。

「それを何とかするのが、あんたらの役目でしょう……ぐっ」

私がオルファーノの無能さを指摘すると彼は王族である私の首を掴んできた。

首を掴んだまま私を持ち上げる。肺に酸素が行き渡らず、苦しい。声をあげることさえもできない。

「図に乗るな。このままお前の喉を握りつぶしてやってもいいんだぞ」

「あっ、ぐっ」

何とか逃れようと私の首を掴んでいるオルファーノの手に爪を立てるがびくともしない。徐々に力を増す彼の手に恐怖を感じた。

このまま妖狐は私を本気で殺そうとしている。

このまま、死ぬの。あの人の仇も討てずに。

どうして私ばっかりがこんな目に遭うの。悪いのは私の番を殺した、この国なのに。どうしてこの国は、この国の王族は、あの男の息子は何の罰も受けないの。どうして私ばっかり。

私が何をしたって言うのよ。悪いのは私じゃない。この国じゃない。あの男の一族じゃない。なのに何で私ばっかりこんな目に遭うのよ。

「エレミヤを殺せば、帝国だけではなくテレイシアだって黙ってはいない。そんな中、本気でエレミヤの命を取りに行くわけないだろ。今回。お前の我儘を聞いてやったのはほんの戯れだ。エレミヤの周囲を把握しておきたかったから。ただそれだけだ」

つまり初めから私の命令を聞くつもりはなかったってこと。

どいつもこいつも馬鹿にして。私が小国の、亡国の王女だからって。

「お前に手を貸しているのも利害の一致にすぎない」

オルファーノは私から手を放した。私は床に落ち、膝を強打した。さっきまで止まっていた酸素の供給がいきなり始まって私はむせた。そんな私のことには気に留めず。オルファーノは部屋から出て行った。

「殺してやる。どいつも、こいつも私を馬鹿にして。私が亡国の王女だからって。殺してやる。みんな、みんな殺してやるんだから」

味わわせてやる。愛する者を失う絶望を、悲しみを。この国を、あの男を奈落の底に突き落としてやる。

どうやって殺そう。誰を使おう。

馬鹿な私の娘は何の役にも立たなかった。

エレミヤがアヘン中毒者だって噂を流してくれたところまでは良かった（まぁ、本人にそのつもりはなかったようだけど）。

だけど、その後は自滅した。

どうして、あの女は崩れないの。どうして、私の番を奪ったこの国の王族であるノワールが幸せを掴むの。


どうして。どうして。どうして。どうして。どうして。どうして。どうして。どうして。どうして。どうして。どうして。どうして。どうして。どうして。どうして。どうして。どうして。どうして。どうして。どうして。どうして。どうして。どうして。どうして。

エレミヤもノワールもこの国も、全て私と同じ場所に堕ちればいいのに。

「お母様」

私の道具が部屋に入って来た。腹を痛めて産んだ子だけど、私にとっては憎いあの男の子供。当然、愛情など湧くはずもない。

「ご気分が優れないと伺いました。大丈夫ですか?」

疑うことを知らない。滑稽なほど純粋な娘。

「ええ、大丈夫よ。心配してくれてありがとう」

私は慈愛に満ちた母親の顔で笑いかける。すると娘は嬉しそうに微笑む。


そうよ。私だけなんて不公平だわ。

エレミヤも、リーゼロッテも、ノワールも、この国も。

みんな、みんな、堕ちて行けばいいのよ。私と同じ地獄へ。堕としてやる。

「アウロ様、少しよろしいですか」

フィグネリアが部屋に入って来た。

フィグネリアもエレミヤが邪魔なはず。だって彼女がいなかったらフィグネリアがノワールと結婚できるもの。

ならエレミヤ殺害に快く手を貸してくれるだろう。

「フィグネリア、あなたに頼みたいことがあるの。いいかしら?」

「ええ、もちろんですわ。私もエレミヤ様のことでお話があって来たんですの」

何だ。私から提案するまでもなかったのね。

「ちょうど良かったわ。私もね、エレミヤのことを相談しようと思っていたの。ねぇ、フィグネリア。一緒に彼女を殺しましょう」

◇◇◇

マクベス視点

「おいおい、マジかよ」

偶然だった。

被害者の足取りを辿り、アヘンの入手経路を今までの伝を辿り犯人は女であることが判明した。

それも高位の。

エレミヤ様を除く高位の女を虱潰しに当たるしかないのかと死人のような眼で空を見上げながらうんざりしているとアウロとかいうリーゼロッテの母親の部屋が何やら騒がしいのに気がついた。

考え事をしながらエレミヤ様の元へ行っていたのでアウロの部屋付近にいることに全く気がつかなかった。

何だろうと思い、覗いてみるとそこには妖狐がいた。

アウロは妖狐に怒鳴り散らしていたが妖狐は全く相手にしていなかった。それどころかアウロの首を絞め、殺そうとさえしていた。

結果的に殺されはしなかったけど、今回の事件は妖狐も関わっているのでアウロが妖狐と密会していることは到底見逃せるものではなかった。

そのまま監視を続けているとフィグネリア・コークが入ってきてエレミヤ様を一緒に殺しましょう』的なことを言い始めるし。

二人がいなくなるまで待って、部屋へ侵入。エレミヤ様の部屋もそうだけど王族の部屋には必ず隠し部屋や隠し通路が存在する。

「ビンゴ」

エレミヤ様に出会う前までしていた暗殺の仕事で培った経験を活かし、隠し部屋を発見した。そこには鍵のかかった小箱があった。

「ピッキングは得意なんだよな」

かちりと音がしたのを確認して小箱を開ける。中には白い粉が見つかった。アヘンだ。

俺はすぐに全てを元に戻してエレミヤ様の元へ向かった。

「アウロ様が犯人？　何の利益もないのに」

俺の報告にエレミヤ様は訝し気な顔をされた。

合理的なエレミヤ様は損得勘定で物事を考えすぎる節がある。人の心というのは損得勘定で計れないものがあるのだ。

「亡国の王女です。祖国、家族、友人、愛する人。全てを奪われた女の狂気はどこにどう向くかな

んて分かりません。例えばですけど恋人が浮気をした場合、大抵の場合、女は「恋人ではなく浮気相手を殺してくれと依頼して来ます。そして恋人を取り戻そうとする。理解しがたい感情です」

「成程」

俺は部屋でのアウロの様子を思い出す。

「あの女は狂ってます。正気じゃない。近々、あなたを殺す為に何か仕掛けてきますよ。フィグネリア・コークと手を組んで」

「そう。では、迎え撃ちましょう」

にっこりと笑ってエレミヤ様は気軽に言う。

……言うと思った。どうしてこの人は大人しく守られる側に回らないのだろうか。性分、なんだろうな。

◇◇◇

アウロからお茶会の招待状が届いた。きっと罠だろう。

マクベスから報告を受けたその日にお茶会は開かれた。リーゼロッテのことで話があるとのことだった。

本来ならここまでの急なお誘いは無礼に当たるので断るものだけど私は承諾した。

罠だと分かりきっていたのでシュヴァリエたち全員でアウロの部屋を訪ねた。

本当はシュヴァリエたちも一緒にアウロの部屋に入る予定だった。

しかし、私が部屋に入った瞬間、後ろにいたはずの彼らはどこにもいなくなっていた。

「いらっしゃい。急なお誘いでごめんなさいね」

にっこりと笑って私を出迎えるアウロ。

開け放たれた窓からは本来、小鳥の泣き声や王城内に居る誰かの声もしくは物音が聞こえてくるはずなのに今はそれが一切ない。

亜空間……完璧に孤立させられた。

「お招きありがとうございます、アウロ様」

私はにっこりと笑ってアウロに勧められるまま席につく。

「これはね、あなたように特別に取寄せてもらったお茶なの。さぁ、飲んで」

私は紅茶を一口飲む。

味はいたって普通。けれど舌に痺れる感覚がある。おそらく毒だろう。

「とても美味しいですわ。私の為にわざわざ用意してくださるなんて感激です」

「それは良かった」

幼い頃、様々な毒を飲まされた。王族にはいつも死の影がうろつく。だからこそ、自衛の為に毒にならされるのだ。

この程度の毒にも気づかず、体に変調をきたすと彼女は本当に思っているのだろうか。だとしたらおめでたい人ね。

「皇女もお飲みになるんですか？」

「まさか。あんな役に立たない子に飲ませる訳ないでしょう」

にっこりと笑って毒を吐くアウロの姿は今までの大人しく優しいだけの彼女からは想像できなかった。

私を護衛から孤立させ、毒を使ったことで完全に消せると思い、本心を隠す必要がなくなったからか。きっと今見ているのが素なのだろう。

「ご自分の娘に随分と辛辣なんですね」

「私の娘なんかじゃないわ。あの男の血が流れた汚らわしい存在よ」

「あの男とは先代皇帝陛下のことですか？」

「ええ。私の最愛の人を殺した男」

アウロの目には狂気があった。

彼女の目は確かに私に向いているのに、その瞳のどこにも私が映ってはいない。ここではないどこかを見ているようだ。

「私の最愛、私の運命、私の番。この国が奪った。何もかも。私はあの人と結婚して幸せになるはずだった。あの人もそれを望んでくれていた。なのに何もかもぶち壊しよっ！」

だんっ！

アウロは拳でテーブルを叩く。

そして「ふふふ」と不気味な笑みを見せる。

「だからね、思ったの。私も全部奪ってやろうって。何もかも壊してやろうって」

私の周囲を妖狐が囲う。アウロに従っているようだ。

「あなたを殺したらあの男はどうなるかしらね。無残なあなたの姿を見て、どう思うかしらね。ああ、でもあなたが彼の番でないのが残念ね。もしあなたが番だったらノワールを壊すことができるのに」

「くだらない。あなたたちが哀れでならないわ。番なんてものに翻弄されて、人生を狂わされて。運命の相手を勝手に決められて、自分で何も選べないなんて、本当に哀れ。ねぇ、アウロ様。あなたは先ほどからノワールやこの国を壊したいって言っているけど、本心かしら？」

アウロは答えない。別に返答を期待していた訳じゃない。

「あなたはただ自分が壊れてしまいたいだけじゃないの？」

アウロは口元に笑みを浮かべた。とても痛ましい笑みだった。

まぁ、同情の余地はあるけどだからって大人しく殺されてやるつもりもない。

妖狐が束になって私に襲い掛かってきた。

私の手元にある武器は短剣と帯の中に隠し持っている暗器が数本。そして扇だ。扇はカルヴァンとの結婚祝いの時にスーリヤお姉様がくれた特別製のもの。

扇そのものが武器になるのだ。

私は扇で妖狐の攻撃をいなし、続けざまに短刀で首の頸動脈を切る。あふれ出た血が私の顔にかかるが拭う暇はない。

さすがはプロね。

女相手に休む暇なく攻撃してくる。

「どうして動けるの？　あの紅茶には麻痺毒が入っていたのよ」

ああ、やっぱり。そうだと思ってた。

「あの程度の毒が効く訳ないでしょ。っ」

青い炎の玉が頬を掠めた。

「あっついわね」

僅かだが火傷をした。顔に痕でも残したらどうしてくれるのよ。本当に容赦がないわね。

再び飛んできた炎の玉を私は短剣で切り捨てる。

連発してやってくる炎の玉を切り捨てると同時に暗器を投げる。暗器の一つは剣で叩き落とされたけど、実は最初に投げた暗器に隠れるように二本目の暗器を投げていた。それは見事、妖狐の脳天に刺さった。

足元には数人の妖狐の死体が転がっている。それでもまだ目の前には数十人の妖狐がいる。

「何をしているの、たかが小娘一人じゃない。さっさと殺しなさい」

アウロの怒号が部屋に響き渡る。

アウロの怒鳴り声に反応するように妖狐が私に迫って来る。私を殺そうと剣を振り上げる。私は妖狐の懐に入り、短刀で腹部を刺す。

短刀から手を放そうとした私の手を妖狐が掴んだ。口から血を流しながら妖狐は最期の力を振り絞って剣を振り下ろしてきた。

殺される。迫りくる剣を見つめながらまるで舞台のワンシーンを見るかのように思った。

どんっ。

剣が私の首に当たる寸前、空間が大きく揺れた。そして私を捕まえていた妖狐はなぜか壁に激突死している。

私と妖狐の間にはノワールがいた。

「……なぜ」

呆然と問いかける私の周囲にはいつの間にかシュヴァリエやディーノ、カルラとノルンもいた。

「当然だろ。お前は俺の婚約者なんだから」

当たり前のようにノワールは言う。先ほどの大きな揺れはノワールたちが無理やり結界内に入ろうとして起こった衝撃波だったようだ。

だけど、彼ら以外の人間、近衛兵が入って来ないところを見るに、結界はまだ壊れてはいないようだ。

「エレミヤ様、結界に穴を開けるのに時間がかかりはせ参じるのが遅くなりました。申し訳ありません」

シュヴァリエは私に謝罪した後、剣先を敵に向ける。その目には確かな怒りが籠っていた。

「エレミヤ様を襲うとか万死に値する」

「珍しく意見があったわね、ディーノ」

ディーノは無表情で、ノルンはにっこりと笑いながら臨戦態勢に入る。カルラは表情が変わらないから分からない。

ノワールは私の頬に触れ、血を拭ってくれた。そして僅かにできた頬の火傷を見てとても痛ましそうな表情をした。

私の頬から手を放すと先ほどとは比べ物にならないほどの強力な殺気が彼から放たれた。

「よくも俺の婚約者の顔に傷を作ってくれたな、妖狐。全員、泥梨に落ちろ。カス共」

「陛下、気持ちは分かりますが落ち着いてください。殺されては困ります。拷問して情報を吐かせなくては。ああいう連中はきっと素直に情報を吐いてはくれないでしょう。ですから最初に『いっそ殺してくれ』と懇願するまで痛めつけるのがよろしいかと」

ノワールを諫めているはずのカルラの言葉が一番過激な気がする。私の為に怒ってくれていたのね、カルラ。

「それは良い提案だ。さすがはカルラ」

どこが！　この主人にしてこの侍女ありだな。恐ろしい主従だ。

「アウロ、貴様とて逃しはせんぞ。エレミヤを狙ったこと、容赦はせん。覚悟をしておけ」

ノワールの言葉にアウロは狂ったように笑いだす。

「まさか、本気で愛しているというの。番でもない相手を」

そう思ったから私を殺そうとしたんでしょ。言動に一貫性がまるでないわね。既に壊れかけているのか。

「番でなくても人は人を愛せる」

「はっ。人殺しの分際で愛を語るの？　人の死を願ったその口で愛を語るの？　人を殺した手で愛した女を抱くの。何て汚らわしい。お前も、そんなお前に抱かれる女も。そして生まれてくる子も。人殺しの子。ああ、何て汚らわしいのかしら」

「国家とは忠死者の灰を以て建てられるものですよ、アウロ様。国を治める王が暗愚だろうと賢王だろうと国も王家も誰かの血で汚れている。アウロ様、あなたの故郷とて例外ではないのですよ。国とは小さな領地が繋がってできたものですから」

もちろん、平和的な繋がりではないだろう。戦争を繰り返し、奪い、奪われ一つの国になるのだ。私の言葉にアウロは明確な怒りをあらわにする。彼女の心は幼い。綺麗なものだけを見て、受け入れてきたのだろう。

王女であったときに見たはずの醜さは全て忘れ去っているようだ。それとも先代皇帝陛下に対する憎しみが強過ぎて心が覚えていられる容量を超してしまったのかな。

「お前たちのような汚れた国と私の故郷を一緒にするな！　何をしているの、さっさと殺しなさいよ」

「随分と舐められたものだ。その程度で相手になる訳ないだろ」

ノワール相手だと妖狐もまるで赤子のようだ。全く相手にならない。

瞬きほどの時間で何時の間に懐に入り込み、気が付いた時には死体へと変わる。

「陛下っ！　我々よりも前に出ないでくださいっ！」

シュヴァリエは立ち向かってきた妖狐の剣を受け止めながら、自分よりも斜め前にいるノワールに注意をする。

本来守られるべき立場であるノワールが、護衛よりも前に出てはいけないだろう。

「ノワール、下がって。後ろで大人しくしていて」

「あなたもです、エレミヤ様」

えっ！

シュヴァリエが般若の顔で私を見てきたので驚きは内心で留め、大人しく後ろに下がった。素直な私と違ってノワールはシュヴァリエの注意を右から左に流した。

「陛下ッ！」

再びシュヴァリエの怒号が飛ぶ。

「知るか。俺の後ろにいるお前が悪い。エレミヤ、お前に傷を負わせた奴はどいつだ？」

「そんなのとっくにその辺に転がっているわ」

背後から来た妖狐の攻撃を避け、振り向きざまに扇で頭部を強打。よろめいたところを短刀で斬りつけた。

別の妖狐が私を攻撃しようとしたけどノワールに斬られた。

「何だ、残念。俺が仇を取ってやろうと思ったのに」

「それぐらい自分でできるので」

私の言葉にノワールは噴き出した。

「そうだな。勇ましい姫君だ。さすがは俺の婚約者だ」

そう言ってノワールが私の髪を一房すくってキスをする。

「今、戦闘中なんだけど」

赤面する私を面白そうに見るノワールを斬りつけようとした妖狐をディーノは呆れた顔で凍らせる。

「ディーノ、エレミヤ様と陛下の邪魔しちゃダメよ」

ノルンは妖狐を燃やしながら目をキラキラさせて私とノワールを見つめる。まるで恋愛劇を見る少女のようだ。

「これで全部です」

カルラは淡々と妖狐を斬りつける。全てに片がついたと同時に結界が消えた。するとバタバタと近衛兵が入って来た。

「アウロを捕えなさい」

近衛兵を率いて部屋に入って来たのはフィグネリアだ。フィグネリアの指示でアウロは捕えられた。近衛兵を動かせるのは陛下だけ。その近衛兵にフィグネリアが命令してるということは彼女は陛下の命令で動いていたということね。

「フィグネリア、そなた裏切ったのか」

アウロは憎悪に満ちた目でフィグネリアを睨みつけた後、自分を捕縛する近衛兵に怒鳴りつける。

「触るな！　私を誰だと思っているの。あなたたちが気安く触れていい相手ではないのよ。私が何をしたって言うのよ」

「エレミヤ殿下暗殺未遂は立派な国家反逆罪だ」

近衛兵は暴れるアウロを床に押さえつける。

「私だけじゃないわ。あの女も、フィグネリアも共犯者でしょ」

「ごめんなさいね、アウロ様。私はあなたの共犯ではないわ。陛下の命令であなた側についていただけ」

フィグネリアは扇子で口元を隠しながら言う。扇に隠したのはアウロに対する嘲りの笑みであることは彼女の目を見れば分かる。

「っ。オルファーノっ！　オルファーノっ！　どこにいるの。早くこいつらを全員、殺しなさいよ。オルファーノっ！」

アウロは狂ったように『オルファーノっ！』と叫ぶが、新たな侵入者は現れなかった。

「ノワール、あなたエレミヤと結婚して幸せになれると思っているの。番でもない相手との結婚なんて。あなたの末路も私と同じよ。あなたは幸せになれない。ざまぁみろよ。あははははは」

狂ったように笑い続けるアウロの口に布を噛ませ、黙らせる。そのまま近衛兵が連れて行った。

「番に狂った哀れな女の末路だな」

ノワールは事後処理があるとのことで部屋を出て行った。彼は出て行く間際、私の額にキスをする。

「頬の傷、しっかりと手当てをしておけよ」

「はい」

前から思っていたけどノワールはスキンシップが多い。それとも婚約者同士、これが普通なのかしら。

「さて、エレミヤ王女殿下。賊も片付いたことですし、少々よろしいでしょうか」

「……」

どすの利いた声に振り返ると無表情で私を見るシュヴァリエがいた。

ノワールが出て行った後、私はシュヴァリエからお説教を受けることになった。

「まず、第一に敵と分かっている相手の元へ赴くような無謀なことはやめてください。どのような罠が張り巡らされているか分からないんですよ。今回はたまたま運が良かっただけです。エレミヤ様がお強いのは知っています。けれど、どのような不測の事態に陥るか分からないんです。あなたはテレイシアの王女である前にノワール皇帝陛下の婚約者であるという自覚をもっと持つべきです。だいたいにおいて、あなたは一人で全てを解決しようとしすぎです。カルディアスとは違い、ここにはあなたの身を案じる者が多くいることを念頭に置いて行動してください。エレミヤ様、あなたは護衛対象です。守られるべき立場であり、守るべき立場ではありません」

くどくどくどくど、とシュヴァリエのお説教は続いた。

今回の作戦、シュヴァリエは最後まで反対していたのを私が無理を言ったからその分の恨みも含まれているようだ。

部屋の中には気がつけば私とシュヴァリエだけになっていた。みんな巻き込まれるのが嫌で私を置いて出て行ってしまった。

みんな薄情ね。でも、私が一番悪いのでお説教は甘んじて受けよう。二度と繰り返さないとは約束できないけど。人生、何があるか分からないから。

◇◇◇

オルファーノ視点

「許さない、許さない、許さない、許さない、許さない、許さない、許さない、許さない、許さない、許さない、許さない、許さない、許さない、許さない、許さない、許さない、許さない、許さない、許さない、許さない、許さない、許さない、許さない、許さない、許さない、許さない、許さない、許さない、許さない」

牢獄の片隅で縮こまり、親指の爪を噛みながらブツブツと呟く女はこの国の元皇后、アウロ。

帝国の先代皇帝に番を殺され、狂った女。まぁ、仮に生きていたとしても王族が番と結婚できるのかは不明だけど。

国によっては敢えて番と結婚させない所もある。それは番の我儘を退けられず、国を傾ける要因になる可能性があるからだ。

「同じ王族でもこうも違うのだな」

エレミヤという女は王族でありながら怯むことなく武器を振るった。あの女からは血の匂いがした。殺すことに躊躇いがないことからもかなりの修羅場を潜り抜けているのだろう。この程度の女にどうこうできる相手ではなかったのだ。

「殺してやる。エレミヤもノワールも。私は王女なのよ。なのにみんな馬鹿にして」

「あんたにエレミヤは殺せないよ。なぜなら、あんたはここで死ぬから」

牢獄を守っていた獄卒兵は二人とも死んでいた。自分が殺されたことも実感できないまま彼らは一瞬にして俺の刃にかかった。

そしてこの女も同じように殺す。

ただし、地面に放置している獄卒兵とは違いアウロは十字の形で壁に磔にした。手の甲と足の甲には杭を打って壁に固定している。

「また遊ぼうね、エレミヤ」

次は本気で彼女とやり合ってみたい。

あの気の強そうな目が恐怖に歪むのを見てみたい。

武器を持ち、自ら振るう王女なんて初めて見たから自分は思いのほか興奮しているようだ。

◇◇◇

ノワール視点

「ケビン、どうだ？　口を割ったか？」

エレミヤが襲撃を受けた。生け捕りにできた妖狐は拷問しても埒が明かないことが分かりきっていたのでケビン特製の自白剤を使った。

普通の自白剤よりも濃度が高く、耐性のある者でも簡単に情報を吐いてくれる。

「ええ。ちょっと面倒な相手が雇い主よ」

ケビンはうんざりした顔で俺に振り返る。

ケビンの前には磔にされた二匹の妖狐がいた。

「雇い主はマルクア神聖国よ」

「……天族が治める国か」

「ええ。あそこ、最近きな臭いのよね。何でも聖女様が出現したらしいし」

「聖女？　その聖女様とやらは具体的に何ができるんだ？」

「虚偽かどうかは知らないわよ。ただ、予言ができるんですって。あそこもうちと同じぐらい大きな国ですし、歴史も古い。下手な扱いはできないわね。帝国の弱体化を狙ってアヘンを流したんでしょうね。ちょうど今は皇帝陛下があなたに代わったばかりでチャンス！　って感じかしら」

アホらしいと最後に付け加えたケビンに苦笑しながら俺は言う。

「傍から見たらそうなんだろうな。俺の場合は正当な手を使った訳じゃない。皇位の簒奪《さんだつ》だからな。国が混乱しているとでも思ったのだろう。簒奪した後の対策を立てずに簒奪などするはずもないのに」

先代皇帝のせいで帝国は様々な国に恨まれている。敵も多い。だからこそ万全の態勢で簒奪したのだ。

「陛下」

妖狐を監禁していた地下にカルラが来た。

「どうした？」

「アウロ様が殺されました」

無表情で、淡々と報告されるとそれが急を要するものとはすぐに判断がつかないなと俺は内心、苦笑した。

「口封じされたか」

「そうでしょうね。あの女はアヘンを流した首謀者。陛下、残念ながら妖狐たちはマルクア神聖国と繋がるものは何も所持していないわ。あるのは彼らの証言だけ」

それだけでは神聖国を責めることはできない。探りを入れることはできるが、そこまでだ。

「見事な蜥蜴の尻尾切りだな。ケビン、内密に妖狐の首を神聖国へ送り付けろ。それと次の夜会に神聖国を招待する」

「本気？」

驚くケビンに俺は当然だと頷く。

「エレミヤちゃん、ちゃんと守ってあげなさいよ。ああいう強い子は突然、崩れちゃうんだからね」

何を言っても無駄だと判断してケビンがあきれ顔で忠告する。

「当然だ。俺の妻になる女なのだからな」

アウロの死は暫く伏せ、時機を見て病死として発表することにした。リーゼロッテが一番、厄介なのでアウロは体調を崩して療養中で、別の宮に移ったことにして会わせなければいい。

「陛下」

部屋に戻るとフィグネリアがいた。

「申し訳ありません。アウロ様には監視をつけていたのですが、交代時間を狙われたようです」

深々と頭を下げるフィグネリアを労って下がらせた。フィグネリアがアウロに監視をつけていたのでアウロに関しては証拠が揃っていた。ただアウロ一人にできることではないので泳がせていたが、それが裏目に出た。

◇◇◇

「そう、アウロ様が」

私はノワールからことの顛末を聞いていた。

「アウロの番を先代の皇帝が殺したのが彼女を復讐に走らせた理由だ。だからって俺ではなく無関係なエレミヤを狙ったことは許せないがな。それに王族として国民を巻き込む可能性のあるやり方を選んだことも」

「番というのにロマンを求める人もいるけどカルヴァン元陛下やアウロ様の件を見ると私には『番』という存在が呪いのように感じます。まぁ、それは私が人で、『番』とは関係のない種族だからかもしれませんが」

「いや、獣人や俺たち魔族の中にもお前と同じような考えの者もいる。アウロの件は残念だが、因果応報だ。人を殺そうとすれば人に殺される。人を恨めば人に恨まれる」

最後の言葉はまるで自分に言い聞かせているようだった。

ノワールが座る玉座は数多の血で濡れているのだから。

だが、玉座とはそういうものだ。清廉潔白な王はいない。守る為に私たちはいつだってその身を血に染めるのだ。

「いつか、私たちもその報いを受けるかもしれませんね」

私の言葉にノワールは微笑んだ。優しく、悲しい微笑みだった。

書き下ろし番外編

# 残虐非道な皇帝陛下に見初められた女

俺の名前はノワール。エルヘイム帝国の皇子として生まれた。父である皇帝にはたくさんの側室がいた。母はその中でも特に地位が低かった。

王宮で侍女として働いていた所を皇帝に見初められ、俺を身籠った。生まれた子供は最悪なことに王家直系が持つ色彩と同じものを持って生まれた。

褐色の肌に黒い髪、そして血のように赤い瞳。

正妃の子や高位の家柄を持つ側室の子からは妬みの対象となった。

ただ生まれただけで俺は罪の子となった。

誰もが俺を殺そうと躍起になった。暗殺、毒殺。それらは最初、兄弟たちの親が始めたことだった。子供は親を見て育つ。自分の親が俺や俺の母を見下す姿を見て、そういうものだと理解する。

最初はほんの遊びだった。階段から落とすのも、池に突き飛ばすのも。そこに死の危険が孕んでいたとしても、死ぬかもしれないと分かっていてもそれを本当の意味で理解はしていない。

苦しむ姿が面白かったから、また見たいと思ってやった。せいぜいその程度だ。

それが次第に理解し始めると本当に俺を殺しにかかる。

真っ先に殺されたのは母だった。

母は優しい人だった。愛情深い人だった。ただそれだけの普通の人だった。とても美しくはあったけど、それしか持っていなかった。だから殺された。

俺はみんな殺した。母を殺した奴も俺を殺そうとした奴も、みんな。気が付いたら俺が皇帝になっていた。

「ノワール陛下、踊ってください」

「陛下、こんな女より私と踊ってください」

「ちょっと、私が先よ」

「ブスは黙ってなさいよ」

「ノワール陛下、こんな醜い人たちは放っておいてあちらで休憩しませんか」

「「ちょっと抜け駆けしないでよ」」

大国の皇帝で独身というのは女たちにとっては喉から手が出るほどの金づるらしい。

夜会に出る度にこうして女たちに囲まれる。俺が皇帝になる前は近寄りもしなかったくせに。

うるさいな。

俺の噂は各国に飛び交っているはずだ。

弟妹や兄姉を殺して皇帝の座についた非道な皇帝という噂が。

俺は目の前で俺の寵愛を受けようと必死になっている蝶を見る。それだけで女たちは歓声を上げる。

彼女たちは考えないのだろうか。俺が殺した者たちと同じ目に遭うかもしれない可能性を。それとも自分だけは大丈夫だとでも思っているのだろうか。

「つまらなそうな顔をしているな」

「スーリヤか」

スーリヤが一瞥すると俺の周囲にいた女たちはそそくさと逃げてしまった。皇帝の座欲しさに前皇帝や側室その子供たちまでも殺した残虐非道な人間だと噂されている。俺が男だから女の自分たちには何もできないと思っているのか、俺には平気ですり寄るくせに似たような噂をされているスーリヤは恐れるなんて少し納得がいかない。

「久しいな、ノワール」

「ああ。お前は一人か？」

「いいや、今日は私の末の妹も出席している」

「末の妹？」

「あれだ」

スーリヤの視線の先には銀色の髪に青みのかかった瞳をした儚げな少女がいた。正直、あれがスーリヤの妹？　といのが最初の感想だった。

似ても似つかない。

「吹けば飛ぶような女だな」

俺の言葉にスーリヤは声を上げて笑った。

「見た目に騙されると痛い目を見るぞ。あれは恐ろしい女だ。あ奴が王位を狙えば私などひとたまりもないだろうな」

スーリヤは決して身贔屓をする奴ではない。恐ろしい程冷静に人を評価する。そこには全ての感情が排除されている。だからこそ正しい評価が下せるのだ。そのスーリヤが勝てないと評したのだ。

あの儚げな少女相手に。上二人に比べたら劣ると評される第三王女相手に。

「カリスマ性。持って生まれたものだ。エレミヤはそれが飛びぬけている」

「カリスマ性ならお前やフレイヤだって持っているだろう」

俺の言葉にスーリヤは静かに首を左右に振る。

「私もフレイヤも計算された上でのものだ。フレイヤなんかは特にな。エレミヤはフレイヤのことをおっとりしているタイプだと思っているようだがとんでもない。あれは全て演技だ。天然を装いながら人を排除する。だが、エレミヤは違う。あれは無意識に人を魅了する。そこに打算はない。だからこそ恐ろしいのだ。我らの中で一番厄介な存在だ」

もしそれが事実なら彼女を見下している臣下たちは事実を知った時どんな顔をするだろうと、悪戯心で見てみたい気もした。

エレミヤは自分やスーリヤとは正反対の人間である。

目的の為に手段は問わず、その為に流された血に何の感情も抱くことはない無情な自分たちとは違う。だから俺は彼女に話しかけることはしなかった。

そのまま時が経ち、エレミヤのことは忘れていた。カルラの報告を受けるまでは。

「エレミヤがカルヴァンの嫁に？」

『はい』

カルディアスに潜伏していたカルラからの定期報告は彼女に持たせている通信機で行われる。

俺は一度だけ夜会で見たエレミヤを思い出す。あんな華奢で儚げな容姿をしていた少女に果たして耐えられるだろうか。

カルラの報告によると護衛もつけられていないそうだ。

カルヴァンの寵愛も受けられず、後宮にすら入れない王妃。王妃の立場は王が確立するもの。王がどれだけの愛を注いでいるかで王妃の盤石な地位は決まるのだ。

カルディアスには摂政となっている狸親父がいる。己の利益優先で国益のことなど考えていない。彼にとってエレミヤは邪魔な存在だろう。

番至上主義の考えを持っている竜族の臣下にとっても。彼女はどれだけの脅威にさらされるだろう。それを一人で耐えられるのか？

「無理だな」

どうしてスーリヤはエレミヤを送り込んだんだ。馬鹿共に殴り殺されるだけなのに。

カルラには報告時、必ずエレミヤの様子を教えるように言っておいた。それはスーリヤとの共同計画の為だった。

「殺した？」

『はい』

とうとうエレミヤに刺客が送られてきたとカルラから報告が来た。結果は予想を裏切るものだった。エレミヤはたった一人で刺客を撃退した。

スーリヤが以前言っていたな。見た目に騙されると痛い目に遭うと。そういうことか。

「クククッ。暗殺者を仕留める姫とは。さすがはスーリヤの妹だな」

ああ、俺はどうして忘れていたのだろう。どんなに儚い容姿をしていたとしても彼女はテレイシアの王族であるということを。

「あそこの王族教育は凄まじいからな」

周囲の彼女に対する評価は低い。けれどそれはあくまで上二人の姉に比べてだ。化け物じみた頭脳と戦闘力を持つ二人に比べて劣っているということは、ただ人が敵う相手ではないということだ。

「それにしてもあのトカゲにはもったいない女だ」

俺は引き続きカルラにエレミヤの監視を命じた。すると珍しくカルラがエレミヤのことを気にしていた。

「無意識に人を魅了する存在か」

スーリヤの言葉は真実だったようだ。あの人嫌いなカルラがエレミヤに取りこまれようとしている。そのことが余計に俺にエレミヤへの興味を持たせた。だから俺は自らカルディアスに赴くことにした。

潜入したカルディアスの夜会でエレミヤは王妃でありながら誰からもエスコートされずに会場入りをした。そんなエレミヤに驚く貴族半分、残りの半分は嘲笑を浮かべていた。

「くだらないな」

カルディアスの貴族は王を筆頭に本当に程度が低い。自分たちが薄氷の上にいることに気づいていないのだ。

スーリヤの目論見を無視すると今回の婚姻は帝国対策。カルディアスはテレイシアと手を組むことで帝国の脅威を退けようと考えた。その為に嫁いできたエレミヤを蔑ろにするということはテレイシアと帝国を両方相手にする可能性があるということ。いくら竜族が治める国と雖もテレイシアと帝国の両方を相手取る戦力はない。

「それにしても美しいな」

堂々とする姿は凛々しくて目を奪われる。

対するユミルはカルヴァンの腕を振り払い会場を駆けて義兄の元へ行く。

「あんなのが番とは不憫な奴」

しかも義兄が妾の子だと堂々と言いふらす始末。あんな奴の為にエレミヤは蔑ろにされているのか。そう思うと気に入らない。

「ユミル、お義兄様を困らせるものではありませんよ。それに、あなたはもう少し、分別を身につけるべきね。ＴＰＯを理解していないのならもう一度公爵邸で一からやり直すべきだわ」

ユミルの暴挙に対してエレミヤが苦言を呈するのは王妃なので当然のこと。しかし、ユミルはそれを苛めと言い、挙句の果てカルヴァンは貴族が多くいる場所でエレミヤを罰した。

「茶番だな」

エレミヤは一度も下を向くことなく堂々と会場を出て行った。

「本当に可愛げのない女だ。大丈夫だったか、ユミル」

「怖かったわぁ、カルヴァン。あの人いつも私を射殺さんばかりの目で睨みつけてくるのよ」

「きっと嫉妬しているんだ。エレミヤと違ってたくさんのものを持っているお前にな」

は？　馬鹿じゃねぇの。こいつが何を持っているってんだよ。王の寵愛以外何も持っていないじゃないか。くだらない。

折角来たので他の貴族たちの動向を確認してから会場を出た。すると「妃殿下がどこにもいない？」という会話が聞こえてきた。

サーッと血の気が引いた。多少の興味は持っていたがそれでも俺にとってはただスーリヤの妹という存在なだけのはずなのに、どうしてこう心が焦っているのだろう。

走り抜ける足がいつもより遅く感じる。もっと速く走れるはずだ、これでは間に合わないと気ばかりが急いた。

そして見つけた時、言葉を失った。目を奪われるというのを実感したのはこれが初めてだ。

エレミヤは足に隠していた暗器を投げ、誘拐犯二人を殺す。仲間を殺されて逆上した男たちがエレミヤに向かって剣を振り下ろす。エレミヤは攻撃を躱し、敵の懐に入り込み、斬りつけた。

「ははは、あれが王女のすることかよ。本当に思い知らされるよ。お前はスーリヤの妹なんだと」

儚げな見た目に反してエレミヤの攻撃は容赦がない。あの見た目は詐欺だなと内心で呟きながら俺はエレミヤが去って行った方へ向かう。ついでに出くわした誘拐犯の仲間は殺しておいた。

こんな低俗な輩がエレミヤに触れようとしたと考えると腸が煮えくり返った。

エレミヤを見つけると彼女の手を取り安全な場所に連れて行った。

あんな華奢な腕で大の男数人とやり合ったのか。信じられないな。

◇◇◇

「細くて、柔らかな腕だったたな」

少し話した後、護衛が迎えに来たのでエレミヤは行ってしまった。

『お前、俺と一緒に来い』

思わず言ってしまった言葉だが自分で納得してしまった。

「欲しいな、エレミヤ・クルスナー」

身体も心もまだ高揚している。目には銀色の髪を靡《なび》かせて戦うエレミヤの姿が焼きついている。

国に戻って早速エレミヤを手に入れる為に動いた。まずは彼女の姉であるスーリヤに許可を貰う必要がある。

『構わないわ』

何か条件がつくかと思ったが何の条件も付けられずあっさりと許可が下りた。

「いいのか?」と、思わず聞き返してしまった。

『ああ、構わない。どうせこのまま行けばカルディアスは滅びる』

「俺とお前の計略によってな」

『あ奴らに生き残る術がないだけだろ。そうなればエレミヤは未亡人。まだ若いのだからもっと好条件の所に嫁がせるつもりだったが、お前が欲しいのならこちらに異論はない。より我らの絆が深まるのだからな』

こいつはエレミヤを使って帝国をカルディアスと同じにする気だな。エレミヤも不憫《ふびん》な奴。

カルラにエレミヤを帝国に招待する旨を伝え、エレミヤは俺が迎えに行くのでカルラにはエレミヤの護衛と侍女を連れて来てもらうように指示をした。

それとあそこは危険が多いので影をエレミヤの護衛につかせた。それにカルヴァンが変な気を起ことないとも限らないからな。

◇◇◇

「やっと手に入った」

無理やりだったけどエレミヤをカルディアスから攫った。腕の中で眠るエレミヤはとても可愛らしかった。これがあのように戦うのだとは眠る姿からは想像もできない。

「不埒な真似はしないでくださいね」

「……」

薬で眠らせたエレミヤをベッドで寝かせただけなのに、背後から気配なく現れたカルラは持っていたナイフを俺の首に当てた。少しでも動けば刃が擦れて血が出るだろう。

「幾ら俺でも寝ている女に手は出さん」

俺がそう言うとカルラは一歩下がり、お手本のようなお辞儀をした。

「失礼しました。あまり信用がなかったもので」

堂々と宣わりがやる。

「エレミヤの護衛たちは？」

「別室にて待機しております」

「分かった」

あどけない顔で眠るエレミヤをひと撫でして部屋を出た。

初めて会ったエレミヤの護衛たちは報告通りエレミヤを優先させた。信用できる奴らだと分かり安堵した。これならこのままエレミヤの護衛として働いてもらっても問題なさそうだ。

問題はエレミヤの意志だが。拒否されても放してやれる自信はないな。それにエレミヤとカルヴァンの離縁は既に成立させている。

俺はエレミヤが目を覚ますのを静かに待った。

◇◇◇

結果から言うと俺はエレミヤと婚約ができた。エレミヤは多分、スーリヤから何らかの密命を受けているだろうが問題ない。

今一番問題に上げるのは俺の親族、アウロとリーゼロッテだ。

「エレミヤ様、会えて嬉しいですわ。こんなに美しい方がお義姉様だなんて嬉しいですわ」

「分からないことがあったら何でも聞いてね」

二人ともエレミヤに友好的な態度を示す。だが、その腹で何を考えているかは分からない。特にアウロは俺に対して、いやこの帝国に対して強い憎しみを抱いている。それがエレミヤに向かないとは限らない。

リーゼロッテは俺に対して好意を抱いている。聡明ならまだ良かったのだが、あれは天性の馬鹿だ。世界は自分に優しいのだと信じ、自分が望めば何でも手に入ると無意識に思っている。頭がお花畑でできている何とも呑気な女だ。

「もういいだろう。挨拶は終わりだ。行こう、エレミヤ」

俺はエレミヤを立たせた。

「もう、お兄様。美しいエレミヤ様を独り占めしたいのは分かりますが、私たちもエレミヤ様と仲良くしたいんです」

頬を膨らませて抗議する姿はまるで子供のようだ。一部の変態貴族には人気のようだが、貴族令嬢からはあざといと不人気。貴族の令息からは淑女には見えないと嘲笑の的になっている。知らぬは本人とアウロだけだ。

アウロは基本的に社交界に出ない。故に帝国貴族に殆ど知り合いがいないのだ。信頼できる味方を一人も作れない時点で二人とも皇族として失格なのだ。

エレミヤが関係を持って得するような輩ではない。

「エレミヤ様、私に王宮を案内させてください」

「えっと」

エレミヤが判断を仰ぐように俺を見る。

俺は善意に溢れたリーゼロッテを見る。彼女は悪意なき悪意を持っている。善意と言う名の悪意を振りまき人を貶めるのだ。それも無意識に。俺の婚約者であるエレミヤがその犠牲になる確率は高い。

「必要ない。王宮の案内は既にすませている」

「一回じゃあきっと覚えられませんわ。王宮内はとても入り組んでいますし」

やけに食い下がるな。

「お前と違ってエレミヤは記憶力がいい。それに、彼女は俺の婚約者だ。一人で行動することはない。常に侍女や護衛がついている。どこに不逞の輩がいるか分からないからな」

その不逞の輩にリーゼロッテとアウロも含まれているが、アウロは兎も角リーゼロッテは案の定気づいてはいない。どんな育て方をしたらここまで鈍感に育つんだ。

「よって迷うことはない。行くぞ、エレミヤ」

「はい」

「お兄様、束縛が強すぎるとお義姉さまに嫌われますわよ」

よく言う。ただの嫉妬のくせに。その証拠にお前の顔は醜く歪んでいる。気づいていないようだが。

二人きりになった後、エレミヤには二人に近づかないよう忠告しておいた。俺の親族である以上、難しいことだとは分かっている。

現にエレミヤは顔合わせ以来、定期的に二人とお茶会をしている。不仲説が流れても困るのは確かだから止めることはできない。貴族はちょっとしたところですぐに攻撃してくる。それが地盤がまだ固まっていない他国の王女なら尚更だ。

「何事もなければいいんだが」

俺の懸念は的中した。リーゼロッテのせいでエレミヤがアヘンをしているという根も葉もない噂が出回っている。

早い奴は既に行動を起こし、エレミヤとの婚約解消を言ってくる貴族もいる。そのついでに自分の娘の写真を置いて行くのだ。

もちろん、全員の顔にその写真を叩きつけて丁重にお帰りいただいた。

「ふざけるなっ！」

俺は机の上にあった書類や本を叩き落とした。それでも怒りは治まらない。

「くそっ」

どんっ。と、机を拳で叩いても気が晴れない。

「落ち着いてくださいノワール」

ジェイは俺が散らかしたものを一つ一つ丁寧に拾い上げ、来客用のテーブルに置いた後、俺を落ち着かせるためにお茶を淹れてくれる。

「分かっている」

ジェイの報告によるとエレミヤは事態収拾の為に情報を集めているようだ。彼女が強い女性で良かった。

噂で人は殺せる。今回の件が原因で地位を追われ、自決する可能性だってあったのだ。もちろん、それは普通の姫君の場合だ。エレミヤは大人しく泣き寝入りするタイプではない。だから俺は彼女を婚約者に選んだのだ。

それでも、リーゼロッテのやり方が気に入るわけがない。俺のエレミヤを貶めた報いは必ず受けてもらうつもりだ。

ジェイにエレミヤの護衛を強化するように命じた。

ジェイが出て行った後、俺は心を落ち着かせるためにお茶を一気に飲み干した。

「やはり殺しておくべきだった」

だが、リーゼロッテとアウロだけが何も問題を起こしてはいない。俺の暗殺に関与していたわけでもない。何もしていない人間を罰することはできなかった。それも亡国とはいえ王女であったアウロとその娘なら尚更。侍女の母親を持つ俺とは違うのだ。

「お兄様」

今一番会いたくない時に会いたくない奴が来た。どうしてこうも空気が読めないのか。

「リーゼロッテ、ノックもなしに入って来るな。後、俺は今忙しい」

「そんなことを言っている場合ではありませんわ！」

ずかずかと部屋に入って来たリーゼロッテはばんっと俺の机に両手を置き、身を乗り出すように俺に近づく。

「エレミヤ様はアヘンをしていますわ。お兄様、エレミヤ様を本当に愛しているのならエレミヤ様をしっかり諌めてください」

思わず殴りそうになった。堪えられたのは奇跡に近い。

「リーゼロッテ、覚悟はできているのだろうな」

「もちろんですわ。お義姉様の間違いを諌める為なら何でも致します」

俺は拳に力を入れた。リーゼロッテを殴りそうになり、寸前で机に変えた。リーゼロッテは急に大きな音を立てた俺に驚いた様子だった。このまま奴を殴ってしまってもいいのではないかと思う。

「そういうことを言っているのではない！　根も葉もないことを言いふらし、俺の婚約者を貶めるというのならそれ相応の罰を受ける覚悟があるのかと聞いている！　今、この場でお前を斬り殺してもいいんだぞ」

俺の言葉にリーゼロッテは信じられないものでも見るような目をする。

「お兄様、お気持ちは分かりますが真実から目をお逸らしになるのはやめてください。皇帝なのですから皇后となる方の間違いはしっかりと正さなくては。愛していらっしゃるのなら尚更。それとも愛してはいらっしゃらないんですか？」

リーゼロッテは『愛してはいらっしゃらないんですか？』と聞いた時、自分がとても嬉しそうな顔をしたことに気づいているのだろうか。

「お前はエレミヤがアヘンをしているという証拠を持っているのか？」

「い、いいえ。ですが」

「証拠もなくそのようなことを言いふらし、エレミヤを貶めるのか？」

「そんな、貶めるだなんて」

「現にお前の無責任な言動のせいで王宮内でエレミヤがアヘンをしていると噂されているのだぞ」

俺の言葉にリーゼロッテは呆れた顔をして嘆息する。

「お兄様、火のないところに煙は立たないものですわ」

「っ」

「陛下っ！」

振り上げた拳はカルラが受け止めた。

怒りのあまりカルラが入って来たことにすら気づかなかった。

「すまない、カルラ。追い出してくれ」

「畏まりました」

ぎゃあぎゃあ喚くリーゼロッテをカルラは追い出し、執務室と俺の私室に入らないよう騎士に命じていた。こういうところは気が利く。

俺は怒りで歪んだ顔を隠すように両手で覆った。

「カルラ、エレミヤは？」

「お休みになられております。顔を見に行かれますか？」

「いいのか？　いつもは『まだ婚約の段階だから』とか『節度』うんぬんとか色々言うくせに」

「今回は特別です。陛下もエレミヤ様もリーゼロッテ皇女様のせいでだいぶお疲れの様ですので。ただし、節度は弁えてくださいね。まだ婚約の段階ですので」

釘はしっかり刺すのだな。本当にできた侍女だ。

「分かってるよ」

カルラが話をつけてくれていたようでエレミヤの部屋を護衛していたディーノは何も言わずに部屋の中へ通してくれた。

エレミヤはすやすやと寝息を立てて眠っている。その顔には若干、疲れが滲んでいた。

「すまないな、苦労をかけて」

エレミヤを起こさないよう細心の注意を払って触れる。

できることなら全ての憂いを晴らし、安穏とした生活ができるように囲ってしまいたいが、彼女はそれを望まないだろう。何よりもそんな生活に満足するエレミヤは俺の愛したエレミヤではない。

「もどかしいな」

俺が作った檻の中で幸せに笑って暮らしてほしいと思う反面、そこから飛び出して自由に飛び回る彼女を見たいとも思う。

「気分転換にデートにでも誘うか」

最もエレミヤはまだ俺に心を許してはいない。時折、俺のことを警戒している。それはきっとスーリヤから受けた密命のせいだろう。何を命じられているかは知らないがある程度は予想できる。

「お前が望むのなら国さえも渡して構わないと思っている俺は皇帝失格だな」

エレミヤの寝顔に癒された俺は部屋に戻り執務を続ける。エレミヤとのデートの時間を作る為に。

ジェイにもそのことを伝えると仕事を調整してくれた。

デート当日、エレミヤは俺の目と同じ色の装飾品をつけていた。きっとカルラかノルンの采配だろう。

それに服装もいつもと違って帝国の平民に合わせた服なので新鮮だ。良く似合っている。率直に言って可愛い。ヤバいな。

周囲の男どもが頬を赤くしてエレミヤを見るので牽制するのに忙しい。しかもエレミヤは全く気づいていない、人の気配に敏感なくせにどうしてこういうところは鈍感なのだろうか。まぁ、そこが可愛いところではあるが。

このまま王宮に閉じ込めてしまいたいと思ってしまう。

デートは大成功に終わった。エレミヤがデートではなく視察だと勘違いしていたのはさすがに腹が立ったので自覚を持たせるためにちょっと悪戯をした。

男慣れしていないエレミヤの反応はいちいち初心で可愛い。カルラが監視しているのであまり派手なことはできないけど俺の自制がいつまで持つかちょっと心配だ。

こんな可愛さで今までよく無事だったな。きっと上の姉二人が囲い込んで守っていたのだろう。でなければ、ここまで慣れていないのはおかしい。

王女という立場だけでも貴族の男どもがたくさん言い寄っていたはずだ。それに加えてこの見た目なのだから縁談の申し込みも多かったはずだ。けれどエレミヤはどうも口説かれ慣れていないようだ。

スーリヤって案外、過保護なんだな。知らなかった。

楽しい時間はあっという間に過ぎて行くもので可愛いエレミヤを一日堪能した後は再び執務だ。エレミヤの気分転換が目的だったがこちらの英気も養われ、執務はさくさくと進む。

とは言え、問題は何も解決していない。

デートから数日後、影からリーゼロッテがエレミヤの部屋へ向かっていると聞き、慌てて彼女の部屋へ行くと……。

『噂を聞きました』

『噂ですか？』

『エレミヤ様がアヘンをしていると』

俺が言ったことが何も分かっていないようだ。そもそもその噂の原因はリーゼロッテではないか。愚かにも程がある。

『私のせいですね』

リーゼロッテの悲し気な声がドア越しに聞こえる。ああそうだよ、とその場にいる誰もが思っただろう。

『私がエレミヤ様をユリアンヌ子爵令嬢の元に行かせたから、それでアヘンを吸引した。アヘンは依存性が高いと聞きます。噂が真実ならあなたはそのせいでアヘンを今も吸引しているのですよね』

エレミヤの護衛や侍女からとてつもない殺気が飛んでいる。凄いな、この殺気に気づかないなんて。一般人でも気づいて、失神するか腰を抜かす程だというのに。これもある意味才能か。

『すぐにお医者様に診てもらいましょう。私、腕のいいお医者様を知っているんです』

そんなことをすれば周囲に要らぬ邪推を生むことになる。そしてこの女はまたもや悪気もなく言うのだ。

『ユリアンヌ子爵令嬢の元を訪れた際にエレミヤ様がアヘンを吸引してしまい、苦しんでいるので。中毒性の高いアヘンを何とか体から抜きたくて私が医者を手配しました』と。馬鹿正直に。これでエレミヤの社交界での地位は地に墜ちた。俺の婚約者でいることもできないだろう。

アヘンは違法薬物。たとえ俺の婚約者と雖もそれに手を出したのなら処罰は免れない。

「リーゼロッテ、覚悟はできているのか？」

俺はたまらず部屋に入り、あの時と同じ言葉をリーゼロッテに投げかける。どうやらその都合の良いことしか記憶しない頭には執務室での俺とのやり取りを全て忘れているようだから。

「エレミヤは俺の婚約者だ。確たる証拠もなく悪戯に騒ぎ立て、無用な噂を広める。それで俺の怒りを買う覚悟があるのか？」

俺の言葉にリーゼロッテは目くじらを立てお門違いなことを言いだす。付き合ってられない。何を言ってもリーゼロッテには通じないのだ。

エレミヤはアヘンをしている悪であり、自分はそれを諌める心優しい義妹。それがリーゼロッテの脳内に描かれたシナリオだろう。なぜそんなシナリオができたかと言うと、その方がリーゼロッテには都合がいいからだ。

もしエレミヤが本当にアヘンをしていたら彼女は俺の婚約者の座を追われる。そうなれば自分がその座につけるかもしれないから。

俺の義妹であるリーゼロッテは他の令嬢よりもアピールするには有利だろう。同じ屋根の下にいて、他の令嬢よりも長く一緒に過ごせるから（絶対に嫌だけど）。

リーゼロッテを部屋に戻し、俺自身も部屋戻った後ジェイを呼んだ。

「早急にリーゼロッテの婚約者候補を見繕え。可能な限りリーゼロッテが問題を起こしてもこちらに被害が及ばないぐらい力のない国。発言力の弱い場所が良い。行き来が難しい国なら尚更いい」

リーゼロッテの婚姻と同時に縁を切りたいと前面に出す婚約の条件にジェイは苦笑し「至急、動きます」と言ってくれた。

あの母娘はどこまでも帝国に蔓延る毒のようだ。

「ここまで問題を起こせば辺鄙《へんぴ》なところにリーゼロッテを嫁がせても誰も何も言わないだろう」

「そうですね。寧ろ修道院に入れられなかっただけあなたにも慈悲の心があったのかと好意的に受け取られるかと」

「修道院など冗談じゃない。あの女ならこちらが思いもよらないようなことを為出かして抜け出しそうじゃないか。馬鹿は予想ができないから嫌なんだよ」

「同感です。エレミヤ様の噂ですが、あなたがこっそり行っている火消しの効果もあり直に収束するかと」

「エレミヤには言うなよ。あまり俺の手を借りたがらないからな」

「分かっています」

いつになったらあいつは俺のことを信用してくれるだろうか。まぁ、まだ時間はある。たっぷりと教えてやらないとな。俺がどれだけエレミヤのことを愛しているか。

「こちら、フィグネリア様からの報告書です」

俺とエレミヤの未来の為にさっさと排除してしまおう。俺はフィグネリアの報告書に目を通す。

「やはりアヘンは神聖国絡みか」

あそこは聖女を祭っていたり、独特な価値観で動いているのでいろいろ面倒な国なのだ。

おまけに白い翼を持つ天族は自分たちを神の使いと宣わり、そこに誇りを持って一部の貴族はかなり傲慢で手に負えないのだ。

他国でもやりたい放題と聞く。天族だけが使える治癒《ちゆ》力をいざという時に借りれないと困るので我慢している国もあるそうだ。それが余計に天族共を図に乗せることになる。

そんな天族が治めている国だ。こちらも諍いは避けたい。けれどいつまでも天族に阿《おもね》るつもりはないのだ。

「ブリティア王国との共同事業の進捗を速めておいてくれ」

「畏まりました」

医療が発達しているブリティア王国と資金が豊富な帝国で医療の共同開発をする事業を進めている。これが上手くいけばいざという時に天族の力を借りなければならないことは減少するだろう。

帝国の医療だけで救える人間の数も増えるはずだ。

「ああ、それと茶会でエレミヤを侮辱した令嬢たちの親に話をつけておいてくれ」

影からエレミヤがお茶会に参加したこと、そこでエレミヤが侮辱されたとの報告を受けていた。

もっともエレミヤを侮辱した令嬢たちは全員エレミヤに撃退されたそうだが。

「エレミヤが誰の婚約者なのか分かっていない連中がまだ帝国にいるようだな」

「嘆かわしいことですね」

「本当にな」

おまけに主催者であるルーフェン侯爵令嬢はエレミヤに俺に捨てられたら就職先を紹介してやるとまで言ったそうだ。

これは徹底的に思い知らせてやらねばなるまい。

俺がエレミヤを捨てるなどあり得ない。エレミヤ以外を皇后に選ぶつもりもないのだと。

書き下ろし番外編

# 守りたい人

シュヴァリエ視点

ユミルがいなくなってからの陛下は気持ちが悪いぐらいに豹変した。手の平を返すのは王侯貴族にはよくあることだが、ここまで厚顔無恥だと斬り殺したくなる。

公爵の傀儡、婚姻の意味も考えずに好き放題した挙句に現実逃避。こんな男を王として仰がなければならないのかと考えるとゾッとする。

「なぜ、お前の護衛はみな男ばかりなのだ」

陛下が妃殿下をユミルの代わりにし始めた頃から我々に対して嫉妬をしていたのには気づいていた。何とも馬鹿らしいことだが。

「何か問題がありますか？」

陛下の問いに妃殿下はため息交じりに応じる。妃殿下は今まで以上に陛下に対してストレスを感じているのだろう。

お部屋にあるクッションはそろそろ替えた方が良さそうだ。妃殿下の怒りを受け止めすぎて殴りがいがなくなってきている。

「当たり前だ！　こいつらはみんな男なんだぞ。お前は俺の妃としての自覚が足りなさすぎる。お前に不埒な真似をしてきたらどうするつもりだ」

今すぐ斬り殺してやろうか。

「ぶっ殺す」とディーノが囁き、魔法を展開し始めた。

「彼らは信頼できる護衛です。そのような邪な感情を抱いて職務に当たる者など一人もおりません。陛下とは違いますから」

然りげ無く妃殿下がディーノを制した。ディーノは不満顔で魔法をおさめていく。

「護衛の任命権は私にあります。それは以前、書面で陛下と交わした約束です」

妃殿下は『約束』という言葉を使っていたが書面で交わしたのならそれは『契約』。一時の感情で反故にしていいものではない。

今回の場合は夫婦の問題でおさまることだが、国同士の場合は戦争に繋がる恐れだってあるし、簡単に反故にするのなら信用を失いどことも何の繋がりも持てなくなってしまう。

それは世界からカルディアスが孤立すると言っても過言ではないだろう。

夫婦間のことであったとしても陛下の場合は国が絡んでくることもある。なぜなら妃殿下はテレイシア王国の王女だからだ。

だが、陛下にはそれが分かっていない。

「っ。そ、それでも認められない。お前の護衛は俺が任命する。ここにいる奴らを解雇することはしない。元の部署に戻らせる」

ああ、ダメだな。この男が王では何れカルディアスは滅びる。

妃殿下がいなかったとしてもテレイシアがいつカルディアスに牙を剝くか分からないのに。

妃殿下の様子を窺うと嫌悪と一緒に諦めが見えた。この方にこんな顔をさせる陛下に怒りが湧いた。同時に妃殿下の護衛である立場を自力で守ることができない己の無力さが憎くて仕方がなかった。

それはディーノも同じようでぎりっと奥歯を噛み締めていた。キスリングは拳を強く握りしめ、怒りを外部に漏らさないようにしている。

みんな、妃殿下に助けられた。なのに妃殿下の助けになることすらできないのだ。このカルディアスでは。あの男が王では。

「……分かりました」

◇◇◇

「よう、シュヴァリエ」

結局、近衛騎士の部署に戻されてしまった。

「久しぶりだな」

妃殿下は大丈夫だろうか。傍にはカルラやノルンがいるが彼女たちはあくまで侍女だ。護衛ではない。

「お前が妃殿下の専属護衛に選ばれたと聞いた時はみんな驚いたぜ。お前みたいな罪人の息子が⁉ってな」

妃殿下にはまともな騎士がつけられたのだろうか。あの王は人を見る目がない。女ってだけで選びそうだな。

「でも納得だぜ。お前、見た目だけはいいもんな。どうだったよ、妃殿下の具合はぐはっ……」

「今、何と言った？　もう一度言ってみろ」

さっきからブンブンと煩いコバエの喉を掴み下に抑えつけた。他愛もない。簡単に地面に膝をついた。俺がコバエの喉を掴んでいるせいで酸素が行き渡らず顔を真っ青にしていた。一緒になって笑っていた周囲の人間も俺の殺気に気圧されてか子犬にように震えて動くことすらできてはいない。

所詮、筋力が強いだけの馬鹿。血筋以外に誇れるものなどない愚か者。

先王陛下の時はまだまともだったと聞いた。けれど今の王になり公爵が牛耳るようになったら血筋を重視するようになり、実力はあるが血筋が悪いものは全員地方に左遷された。自ら騎士を辞め、他国に渡った者もいると聞く。

つまり、ここに残っているのはただの無能。俺一人の殺気にすら耐えられない。こんな者共の集まりの中から妃殿下の護衛を選ぶのか。

ふざけるなよ！

「ぐっ」

喉を掴んでいる手に力が入り、コバエは白目を剝き、口から泡を出す。

「おい、どうした。さっきまで饒舌だったじゃないか。なぜ、いきなり黙る。今こそお前の二枚舌の出番だろ。俺の質問に速やかに答えろ」

「シュヴァリエ、その辺にしておけ」

キスリングが俺の腕を掴み、コバエから放そうとする。

「このままでは死んでしまう」

「殺すつもりだったが。別に問題ないだろう。妃殿下を侮辱したのだ。王族に対する不敬罪は処刑なのだから。俺に殺されるか処刑執行人に殺されるかの違いだろ。なら、大した違いではない」

ドンッ

「……」

キスリングは嘆息した後、俺の頬を殴った。その衝撃で背後にあった柱に背中をぶつけた。

「頭を冷やせ。くだらない持論で妃殿下から無理やり引き剥がされて腹が立っているのはお前だけじゃない」

「……すまない」

キスリングは俺に手を貸すふりをして小声で教えてくれた。

「宰相閣下が私たちのシフトに手を加えてくださった。四六時中ではないので隙はできてしまうが、それでも妃殿下の様子をこの目で確認することができる」

つまり陰ながら護衛ができるということか。

騎士の仕事に文官である宰相が介入するのは難しい。けれどトップである騎士団長クルト・ワイル・クリーンバーグは宰相の幼馴染だし、馬鹿だ。多少の融通は利くのだろう。

キスリングの言葉で俺は冷静さを取り戻した。

こんなところで問題を起こして処罰されたら妃殿下の護衛ができなくなる。今までだってこちらの理不尽に耐えてきたのだ。妃殿下の為なら何ともない。

◇◇◇

「この程度？　馬鹿じゃないの」

「ぐはっ」

「その汚い手でエレミヤに触れようとしたの？」

「ぎゃあっ」

「大声出さないでよ。エレミヤが起きちゃうじゃん」

夜の護衛がどうなっているか気になり、巡回中の騎士を避けてキスリングと一緒に妃殿下の元へ向かった。妃殿下のいる別館には巡回中の騎士すらいなかった。そのことに呆れながら妃殿下の部屋の前まで来た。

すると、妃殿下の部屋の前は血まみれだった。いくつもの死体が転がっていた。氷で串刺しにされていたり凍らされている者もいた。中には凍らされた後で手足を切断されている者もいる。

死体の山に立っているのはディーノだ。

顔も服も血で汚れていた。

彼は淡々とした口調だったけど怒りがひしひしとこちらに伝わってきた。

「これだけの殺気なら妃殿下は気づいていそうだけど」

俺はキスリングの言葉に苦笑した。

妃殿下を襲ってきた連中も気になるが、それよりももっと気になることがある。

「ディーノ、妃殿下の護衛はどうした？　誰も部屋の前に立っていなかったのか？」

全ての刺客をディーノが片付け終わるのを確認してから俺はディーノに声をかけた。

「そんなのいなかった」

「は？」

俺の額に青筋が立った。キスリングは頬を引き攣らせている。キスリングが怒鳴らなかったのは妃殿下の休息をこれ以上妨げたくなかったからだ。

「職務怠慢もいいところだな。もっとマシな者はいなかったのか？」

「女騎士は結婚相手を見繕う為に騎士になった者が大半だ。もちろん、まともなのもいるがな。騎士は男社会。下手に社交界へ行くよりも見つかりやすいんだ。女に飢えている男が多いからな」

キスリングの疑問に答えながら俺はふつふつと沸き上がる怒りを何とか抑え込んだ。

「ディーノ、お前のシフトは？」

「明日は休み。だから今晩はずっとここにいる」

「そうか。俺とキスリングは仕事だから戻ろう。明後日は俺が休みだから護衛に立とう。妃殿下の護衛の件は一度、陛下に進言してみる」

「分かった」

翌朝、俺はすぐに宰相を伴って陛下に護衛変更を進言した。

「彼女たちは由緒正しい家柄の娘たちだ。そのような不始末をするはずがない」

家柄が良い奴ほど性根は歪んでいる。この馬鹿にはそれが分からないのか。ああ、そうか。国一番の権力で、性根が歪んでいるお方だから気づけるはずがないのか。

「今朝方発見された刺客はどうお考えですか？　あれは全て魔法で片付けられていました。魔族ではない護衛騎士には不可能ですよ。ただの一太刀も浴びていない刺客。その刺客を発見した時の護衛騎士の様子からも職務怠慢は明らかです」

宰相が強く言うと陛下は僅かにたじろぐ。俺が言ってもこうはいかなかっただろう。この方は本当に親しいものの言うことしか聞かないのだ。

こんな贔屓が当たり前のような国、血筋しか誇れない国に価値なんてあるのだろうか。こんな国が妃殿下を食い物にして、潰していくのか。

「護衛騎士の変更をお願いします」

「考えておく」

「いいえ！　今！　答えをだしてください」

「仕事が立て込んでいるんだ」

あんたがサボってばかりいるからな。

「後にしてくれ。そんなに急ぐ問題でもないだろ」

は？　何を言っている。

妃殿下は立場上、常に命を狙われているんだぞ。昨夜だって襲われたばかりだ。俺たちが行かなければ、ディーノが間に合わなければあそこにいるのは魔力を持った娘と、多少戦闘力がある娘二人だ。

女子供しかいないんだぞ。彼女たちは竜族ではない。竜族のような丈夫な体は持っていない。ちょっとしたことで血は出るし、死に至ることだってあるんだ。

代償行為で妃殿下のことをユミルだと思い込んでいるようだけど、心のどこかで妃殿下を認識しているせいか要所要所でドライな対応が見え隠れする。

どれだけ妃殿下を侮辱するつもりだ。妃殿下はあんたの都合の良い玩具じゃないんだぞ。

「陛下、妃殿下は命を狙われているんですよ。急を要する案件です」

宰相の額には青筋が立ち、握り締めた拳からは血が出ていた。

「竜族は獣人最強の部族だ。そしてここにはその中でも選りすぐりの者たちが守っている堅牢な城だ。そう簡単にエレミヤの元に辿り着けるわけないだろ」

ついさっき言ったことを忘れたのだろうか。竜じゃなくて実は鳥なんじゃないか。翼もあるからあり得ない話じゃないよな。似たようなものだろう。

「昨夜はあっさり妃殿下の元へ侵入されましたが。それに想定している犯人は外部ではなく内部の人間です」

宰相はあきれ顔でため息交じりに言う。

この人、こんなのとずっと付き合っていたのか。凄い忍耐力だな。俺なら一日ももたないと思う。

「エレミヤが後宮に来ればいいだけだ。あそこは警備もしっかりしている。それなのに意地を張って離れから出ないのが悪いんだろ。それと、城内にエレミヤを害する者がいるわけないだろ。王である俺がいる城内にそんな奴がいるわけないだろ」

あいた口が塞がらないとはこのことだ。

「根拠はなんですか？　血筋が確か何て言葉は聞きたくありません」

宰相が先回りして陛下の言葉を封じた。

「妃殿下という立場を手に入れて権力を握りたいと思う野心家はどこにでもいます。妃殿下さえ排除すれば自分の娘がと思う馬鹿が集まってできたのが王宮です。それと妃殿下が後宮に入らないのは当然です。先に拒んだのはあなたですよ、陛下」

「だから」

「意地を張っている訳ではありません。あなたは思い知るべきです。妃殿下はプライドを持ったテレイシア王国第三王女であるということを」

宰相の絶対零度の視線に陛下は尻尾を丸めてぷるぷる震える犬のようだった。

「今すぐ、妃殿下の護衛を選びなおしてください」

「わ、分かった。だが、今日はお披露目会がある。新しい護衛は明日まで待ってくれ」

「分かりました」

今度はまともな護衛がついてくれることを祈るしかない。

◇◇◇

「ノルンを放せ、カルラ」

妃殿下のお披露目会は無事、終了した。

妃殿下に新しい護衛がつくのは明日になる。だから今晩も妃殿下の部屋に護衛はつかないだろう。

明日は休みなので俺が妃殿下の護衛につくつもりで部屋に向かっているとカルラに押さえ込まれ

た妹に出くわした。

妃殿下の部屋がある付近は人気が全くない。その為、侍女が侍女を押さえ込むような不審な行動を咎められることはない。

「兄さん、妃殿下の元へ行って！　侵入者っ」

「っ」

二人の横を走り抜けようとしたら氷の刃が床から生え、行く手を阻んだ。

「カルラ、お前魔族だったのか」

カルディアス貴族の誰かが寄こした間者なのか？　目的はなんだ。妃殿下を殺す隙は幾らでもあった。けれどカルラが妃殿下を害そうとしたことはなかった。ならばカルラの主の目的は妃殿下の暗殺ではない。

だからと言って楽観はできない。ノルンは妃殿下の部屋に侵入者がいたと言った。連れ去られたかもしれない。

カルラが敵だと見抜けなかった。落ち着け、後悔は今すべきことではない。

「目的はなんだ？　妃殿下はどうした？　もし、妃殿下に危害を加えるのなら……」

「我が主の目的は妃殿下を害することではない。我が国に招待すること」

抑揚のない声が告げる。どこまで信じられるか分からないけど『招待』という言葉を使っていることから取り敢えず、妃殿下の身の安全は保障されていると思っていいだろう。それもいつまでかは分からないけど。

一刻を争う状況だ。

「姉さん、エレミヤ様はどこ？　たとえ姉さんでもエレミヤ様を傷つけるなら許さないよ」

「姉さん⁉」

妃殿下の様子が気になって見に来たのかディーノとキスリングがやって来た。

ディーノはカルラを『姉さん』と呼んだ。

「私とディーノは生き別れた姉弟よ。大丈夫よディーノ。私の主は妃殿下を傷つけることはしないわ」

「姉さん、エレミヤ様の元へ案内して。僕はあの方に仕えると決めた時、あの方を一人にしないと誓った」

真っすぐ、ディーノはカルラを見つめる。カルラもディーノも無表情でお互い何を考えているのか分からない。

「ええ、そのつもりよ。全員、一緒に来てもらうわ」

カルラがそう言った瞬間、辺りが光に包まれた。

一瞬、眩しさで目を閉じた。その一瞬で見たことない場所に移動させられていた。

「転移魔法か」

キスリングは周囲を見渡しながらカルラの使った魔法が自分たちの体に悪影響のないものであることを確認した。

「ここはどこだ？」

窓のない部屋だったのでここがどこか分からず俺は周囲を警戒しながらカルラを睨みつける。

「エルヘイム帝国です」

「なっ」

カルラの回答に驚愕した。てっきりカルディアス貴族の邸だと思っていたから。まさか一瞬で国外に連れて来られるとは。

「カルラ、お前の主は誰だ？」

嫌な予感がする。

「エルヘイム帝国皇帝、ノワール陛下」

やっぱり。あの人は厄介な人種に好かれる傾向にある。魅力的な人だから仕方がないのだが。まさか皇帝とは。

「ノワール陛下は妃殿下をどうされるつもりですか？」

「さぁ？　娶るつもりなのかも」

キスリングはその言葉を聞いて噎せた。俺は頭痛がした。

「そのノワールってどんな奴なの？」

ディーノは不機嫌顔でカルラを見る。ここでだけ見れば姉弟喧嘩のようだ。

「腹黒」

え？

「性格は悪い」

ちょっ。

「俺様」

悪口しか出てこないんだけど、これはどう判断すべきなのだろう。

隣を見るとキスリングもノルンも困惑している。すると、一人の男が不満顔で口を挟んできた。

「主人の悪口を言う侍女がどこにいる」

「ここにいます」

「お決まりの回答をどうもありがとう」

「いえ」

黒い髪に血のように赤い瞳をした端正な顔立ちの男。褐色の肌。上等な生地の服。これらが導き出す答えは一つ。

「ノワール陛下」

ノワール陛下はにやりと笑って俺たちを品定めする。

「悪くはないな」

「エレミヤ様が自ら選んだ側近ですから」

「ディーノっ！」

ディーノは魔法を展開。氷の刃がノワール陛下の首元ギリギリのところで止まった。

キスリングは顔を真っ青にしてディーノの腕を掴む。キスリングが止めなければ氷の刃はノワール陛下の首元を貫いていただろう。

だが、キスリングが止めなくても果たしてそんな未来は来ただろうか。

ちらりとカルラを見る。彼女はディーノの行動を予測することができただろう。けれどカルラは動かなかった。

ノワール陛下も余裕の笑みを浮かべている。

「エレミヤ様をどうするの？」

「カルラが言っていたろ。彼女を俺の妃にする」

「正気ですか？」

俺の問いにノワール陛下は「ああ」とあっさり首肯した。

「カルヴァンはエレミヤ様を傷つけた。何も与えないくせに、エレミヤ様から何かを与えてもらおうとする。お前はエレミヤ様の何を欲する？」

ディーノが静かにノワール陛下に問うた。俺、キスリング、ノルンはノワール陛下を見る。

ディーノの質問をノワール陛下は鼻で笑い飛ばした。

「お前は奴隷としてあの牝狐の所にいたそうだな。知っている王があのトカゲだから仕方がない」

ノワール陛下は嘲笑を浮かべた。それはディーノに向けられたものではない。ここにはいないカルヴァン陛下に向けられたものだ。

「王が妃に強請るものなどない。欲する必要もない。己の力で全て手に入るからだ。王は国の最高権力者。故に施しを与えることはあっても与えられることはない」

傲慢だ。けれど、傲慢と思えないのは相手がノワール陛下だからだろうか。

もしこれを言ったのがカルヴァン陛下だったら鼻で笑っただろう。何を馬鹿言ってるんだと。けれど、ノワール陛下ならそれができるんだと納得してしまう。

王者の風格が違う。これが本物の王なのだと理解した。

「選ぶのは妃殿下です。我々は妃殿下の意志に従います」

俺の言葉にノワール陛下は頷いた。

「当然だ」

この人なら妃殿下を任せられるかもしれない。自身に満ち溢れた態度がそう思わせるのか。彼にはそういう安心感があった。

◇◇◇

案内された食堂で待っていると妃殿下が来た。少し疲れた顔をされていた。無理もない。危険な場所で守る気のない、もしかしたら自分に剣を向けて来るかもしれない護衛をつけられていたのだ。気を張り巡らせて、休むことができなかったのだろう。

やはりこのまま妃殿下をカルディアスに帰すわけにはいかない。

テレイシアに帰っていただくか、もしくは……。

俺はノワール陛下に視線を向けた。彼が本当に妃殿下を娶る気なのか、その場合は大切にしてくださるのかを見極める為に。

「ゆっくりと休めたかな、エレミヤ」

ノワール陛下は優し気な笑みを妃殿下に向ける。これは本心からの笑みだろうか？

「お初にお目にかかります、皇帝陛下。カルディアス王国王妃、エレミヤと申します。この度は合意ではなかったとは言え、帝国にお招きいただき、ありがとうございます」

「あながち初めてでもないだろう」

「そうですね。最初は誘拐された時でした。お助けいただき、ありがとうございます。どうして王国内に潜入していたのかは敢えて聞きません」

妃殿下の言葉に内心驚いた。妃殿下は夜会の最中に誘拐された。発見した時妃殿下の近くに誰かの気配はあった。しかし、妃殿下の様子から追及はしなかった。まさか、ノワール陛下だったとは。妃殿下は『最初は』と言った。つまり、最低でも一回以上はカルディアス国内でノワール陛下と会っていることになる。

誰よりも厳重な庇護下に置かれるはずの妃殿下が、だ。

分かっていたことだがカルディアスの警備の甘さに頭痛がする。頭に浮かんだのは剣の実力はあるが頭はさほどよくない。全てを力で解決しがちな竜族の典型のような男、クルト・ワイル・クリーンバーグ騎士団長だ。あの男は本当に何の役にも立たない。

その後、和やかとは行かないが何の問題もなくお茶会？　は進んでいく。

妃殿下はまだノワール陛下を警戒しているようだが、ノワール陛下の方はそれも含めてエレミヤとのやり取りを楽しんでいるようだった。

この方は本当に妃殿下が気に入っているのだと分かった。

「これは、お姉様も、テレイシア女王陛下も承知のことですか」

「ああ。お前は実によくやった。公爵の力を削ぎ、国民の不満を王家に向けた。それにハクと言ったか？　あの者を使って国内にいる反乱分子を集め、指導させていただろう」

ノワール陛下の言葉に俺は目を見張った。キスリングはヒュッと息を呑み、不敬にも会話に割って入りそうになる自分を何とか押し止めたようだった。ノルンは驚き、妃殿下を穴が開くほど見ていた。ディーノはどうでもいいという顔をしている。彼は政治や国のことなど気にしないだろう。彼にとっての優先は妃殿下なのだから。

極論を言うとディーノは妃殿下が幸せなら世界中の人間が不幸でも気にしないのだ。

それからノワール陛下は妃殿下を口説きにかかった。途中、気になる単語もあった。俺たちは書いた覚えもない退職願を書いて提出したとか。

カルディアスの騎士に未練はない。妃殿下について行くつもりなので別にいいけど。

ノワール陛下は妃殿下を口説き落とす自信があるから、俺たちがカルディアスの騎士を退職したことも今は嘘でもどうせ嘘でなくなるから問題ないとか考えているのだろうな。

ここまで来ればノワール陛下の性格は分かった。カルラのノワール陛下に対する評価が正しいということも。

そう考えるとこの二人は結構お似合いなんじゃないだろうか。似た者同士で。

妃殿下は自室に戻った後、俺たちに全てを明かしてくれた。

曰く、初めからカルディアスを手に入れるつもりだった。曰く、カルディアスの臣下である俺たちにとって妃殿下は敵である。

俺たちに恨まれる覚悟を持って話しているのは分かった。そこまでのことをしたのだと思っていることがひしひしと伝わって来る。妃殿下は一度もスーリヤ女王のせいにはしなかった。全て自分が選んだことだと。

この人は頭は良いのにどうしてこうも鈍感なんだろう。俺たちが妃殿下を恨むことも、ましてや敵になるなどあり得ないのに。

カルディアスが俺たちに何をしてくれた？

搾取するだけだ。拳を振り上げ痛めつけることはしても手を差し伸べることはなかった。それをしてくれたのは他国の王女だった。

味方が欲しいための打算があっても構わない。人が動く時、そこには必ず打算が存在するから。打算のない善意などない。

『感謝されたい』。人は無意識下にそう思うから親切にする。これもまた打算だ。

「どこまでもお供します」

俺はそう言って騎士の誓いをここで再び妃殿下にした。

書き下ろし番外編

# 僕の全て

ディーノ視点

僕の大切な人、エレミヤ。僕を地獄から救ってくれた人。姉さんは大切で、大好きな人だけどエレミヤは僕にとって特別な人。

エレミヤが幸せなら世界中の人間が不幸でも僕は気にしない。僕は元々、自分を含めた生き物に興味がないから。エレミヤだけが僕の感情を動かす。

◇◇◇

「彼らは信頼できる護衛です。そのような邪な感情を抱いて職務に当たる者など一人もおりません。陛下とは違いますから」

何を言っているんだろう、このトカゲは。

僕はこの中で一番の新参者。だからエレミヤとカルヴァンとかいうトカゲの関係やどういう奴なのかっていうのはあまり詳しくはない。

それでも分かる。

このトカゲは排除すべきエレミヤの敵だ。その敵がエレミヤから僕たちを引きはがそうとしている。

殺さなくては。そう思い、魔法を展開させたのにエレミヤに止められてしまった。

たとえ目の前にいるのが世界中の人間の敵だろうと極悪非道の敵だろうとエレミヤが殺すなと言

うのならそれは殺してはいけない。でも、エレミヤを傷つけるのなら、いつかその報いは受けてもらう。

「護衛の任命権は私にあります。それは以前、書面で陛下と交わした約束です」

「っ。そ、それでも認められない。お前の護衛は俺が任命する。ここにいる奴らを解雇することはしない。元の部署に戻らせる」

「……分かりました」

結局、僕たちはトカゲのせいでエレミヤの護衛から外された。

「あいつの言うことを聞く必要なんてない」

僕はフォンティーヌ様に近衛騎士に行くように言われた。ここに来てすぐにエレミヤの護衛になったから僕は現在、どこにも所属してないし元の職場なんてない。エレミヤの護衛を解雇されたら行く当てがないのだ。丁度いいからこっそりエレミヤの護衛をするつもりだったのに。

ぶすっとむくれる僕にフォンティーヌ様は苦笑する。かなりお疲れ気味の顔だ。仕方がない。あのトカゲにはみんなが苦労させられている。さっさと殺しちゃえばいいのにと僕が言うと、簡単に命を奪ってはいけませんとフォンティーヌ様に言われた。

意味が分らない。奴隷の時は「気が向いたから」という理由で命なんて簡単に奪われたのに。

僕がそれを言うとフォンティーヌ様はなぜか悲しい顔をされた。

「妃殿下を奪われたくないとあなたが思うように、あなたが奪った命には必ず奪われた命に対して涙を流し、あなたがエレミヤ妃殿下に抱いている感情と同じものを抱く人もいるのです。妃殿下が殺されるのは嫌でしょう」

確かに嫌だ。

納得した僕の頭をフォンティーヌ様は優しく撫でる。

「護衛の件はすぐには無理でもあなたたちに戻すように多方面で動いてみます。それまでは不便をかけますが、あなたたちのシフトに介入して可能な限りあなた方の誰かが妃殿下の護衛につけるようにします。それまではすみませんが、我慢をしてください」

「分かった」

フォンティーヌ様は僕がエレミヤの護衛になれるように身元保証人になってくれた。この人をこれ以上困らせたりしてはいけない。取り敢えずは近衛騎士に行くことにした。

同じ近衛騎士でもシュヴァリエたちとは所属が違うようだ。

「ねぇ、君がディーノ？」

近衛騎士には女の人もいるようだ。僕はすぐに女の騎士に囲まれた。

「邪魔」

「そんなつれないこと言わないでお姉さんとお茶でもしましょうよ」

そう言って金髪の髪をポニーテールにした女騎士が僕の腕を掴む。僕はすぐにその腕を振り払った。

だけど女の騎士は全く気にしたそぶりを見せない。女の人ってどうしてこうも図太くて図々しいのだろう。

「お姉さんたちと遊びましょうよう」

「どうせ妃殿下の相手もしてたんでしょう。私たちはあんな小娘よりも上手いわよ」

そう言えばトカゲがエレミヤに女の騎士をつけるって言ってた。

僕はぎゃあぎゃあ喚く女騎士たちを見る。

「あら、何？　その気になった？　いいわよ、おいで」

そう言って僕の首に腕を回してくる女騎士。

こんなのをエレミヤにつけるの？　冗談じゃない。何を考えてるんだ、あのトカゲは。馬鹿じゃないの。

◇◇◇

「ねぇ、何してるの？」

僕はその日の夜、エレミヤの部屋へ行った。エレミヤの部屋は離れにある。誰にもすれ違わなかった。

離れの入り口には誰も立っていない、部屋の前にいるのは護衛じゃなくて暗殺者。

あのトカゲはエレミヤを守るんじゃなくて殺すつもりなんじゃないの。守る気ゼロでしょう。やる気のない護衛をつけて。

だって僕に絡んできた女騎士は僕をお茶に誘うぐらい暇だったみたいだし。普通はあり得ないよね。

「本当、馬鹿にしてる」

僕は魔法を展開させて、暗殺者を串刺しにした。

「ぐはっ」

「この程度？　馬鹿じゃないの」

僕に剣を振り下ろそうとした男の手を凍らせると男は叫び、とても痛がった。氷の冷たさが肌を刺すような痛みを与えたのだろう。それは言葉にするよりも強烈な痛さだ。

「ぎゃあっ」

次に凍らせた腕をへし折る。

「大声出さないでよ。エレミヤが起きちゃうじゃん」

かなりの数を殺したけど誰もやって来ない。エレミヤのいる別館には人が本当にいないのだ。まるで殺してくださいとでも言うように。

あのトカゲ、エレミヤをあの女の代わりにしたくせに守ろうともしないなんて。お門違いの嫉妬やくだらない理由でエレミヤを困らせてばかり。こっそり殺しに行っちゃおうかな。

そんなことを考えていたからかシュヴァリエとキスリングが来た。この二人にバレるとさすがに面倒だからあのトカゲを殺すのはもう少し待とう。

# あとがき

お久しぶりです。音無砂月です。一巻に引き続き、二巻までお手に取っていただけて感激です。また、お会いできて嬉しいです。最後までお付き合いくださり、ありがとうございます。

序盤からかなり強烈だったような気がします。カルヴァンのクズさに拍車を掛け、エレミヤに迷惑ばかりかけるところから始まったので。だからこそ、余計に彼の末路に力を入れてみました（笑）。

カルヴァンとユミルの末路はいかがだったでしょうか？

気に入っていただけると嬉しいです。

ただ追放して終わりや処刑して終わり。というあっさりした終わり方を私はあまり好まないので徹底的に最後はざまぁをさせていただきました。

もし、「こうして欲しかった」や「ああして欲しかった」などの意見があれば是非、教えて欲しいです。今後の参考にさせていただくので。

これでフォンティーヌもやっと救われましたが、カルヴァンとは幼馴染なのでなかなか複雑な思いかもしれません。

今回、二人の断罪に一役買ったケビンですが今後も所々で登場させていただきます。この話はシビアな面も多いので彼？　彼女？　の個性的なキャラが読者様方の笑いを誘えたり、張り詰めた空気を緩められるような役柄になればいいなと思っています。

二巻は舞台が変わりエルヘイム帝国です。エレミヤを溺愛しているノワールとただの政略と考え、更に恋愛面に疎く、ノワールの気持ちがなかなか理解できないエレミヤの恋愛模様だけではなく今回は「アヘン」という問題も出てきて一巻とは違う大変さもありました。

誰が犯人なのかということでいろいろ推測するという楽しみ方をしていただけたらなと思い、書きました。

有名なミステリー小説のように緻密な推理や工作のようなものは存在しませんでしたが、この人が犯人？　と少しでも頭を悩ませていただけたらいいなと思ってます。どうだったでしょうか？

私自身、ミステリー小説は好きなのでいくつか読みます。その為、今回取り入れてみましたがなかなか難しいですね（笑）。

カルディアス王国でやっとカルヴァンとユミルが片付いたと思ったら次はリーゼロッテ、アウロの二人が出現して。リーゼロッテの無邪気な悪意に必死に立ち向かいながら、更には姉の命令を遂行しなければならないエレミヤにはなかなか休息が得られそうにありません。

ノワールがカルヴァンのような最低なクズだったらエレミヤも容赦なく徹底的に動けたと思うのですが、ノワールの魅力に惹かれていくエレミヤが最終的にどうするのか悩みどころです。

コミカライズ
第一話
漫画：南澤久佳
原作：音無砂月
キャラクター原案：iyutani

この世界には
四つの人型
種族がいる
獣人族
さまざまな
獣の
性を持つ
その力は
地をも穿《うが》つと
言われる
天族
翼と
癒しの力を持つ
魔族
魔力を持ち
さまざまな
魔術を操る
そして
〝人族〟
人型種族の中で
最も脆弱《ぜいじゃく》だが
最も智慧《ちえ》を持つ

彼女の名は〝エレミヤ〟
人族が治める国『テレイシア王国』の第三王女
銀の髪と瞳には水晶のごとき煌《きらめ》きをたたえた『テレイシアの宝玉』と謳《うた》われる美姫である

彼女は 獣人族の治める国
『カルディアス王国』
国王の妃となるため
彼の地を訪れた
テレイシアと
カルディアス
両国の
繁栄のために―…

テレイシア王国
第三王女
エレミヤ殿下
ようこそ
おいでください
ました
ざっ
わっ
!!
この方たちが
カルディアスの
迎え…？
まさか！
たったの
四人？
私たちの
王女を
王妃を迎える
使者だと
いうのに…!?
ざわ
ざわ
確かに
おかしい…
けれど事情が
あるのやも
なにより
皆を不安に
させては
いけないわ
皆の者
静まりなさい
はっ
私はここで
お別れです
長きの間
世話になりました
ありがとう
姫様
もったいのう
ございます！

姫様に お仕えできたこと 生涯の誇りで ございます
どうか お幸せに …！
お時間で ございます
お幸せに！
私は 国王直属の 近衛騎士団団長 クルト・ワイル・グリーンバーグです
以後 お見知りおきを
まあ…！ その若さで

改めまして
私はエレミヤ・クルスナー
よろしくお願いいね
はい
……
……
ガラガラ
ところでクルト
なんでしょう
王妃の迎えとしてはずいぶん少人数に思います
何か理由でも…
確かに殿下は・・正妃となられる御方ですが……
『番』でもないあなたを
大勢で歓迎する必要はありませんゆえ……
クッ

……
『番《つがい》』
獣人族が生涯をかけて求める運命の恋人
人族でたとえるなら〝赤い糸〟――……
獣人族はそれを生まれながらに渇望《かつぼう》する 本能が求めてやまない
しかし 人型種族が何十億と膨れ上がったこの世界で『番』とめぐり合うのは困難だ
ほとんどの獣人は番を見つけることなくその生を終えるのだが

クルト・ワイル・グリーンバーグ
テレイシアはカルディアスの属国になるのではありません
この婚姻に置いて両王家は対等です
カルディアス国王は竜族
そしてこの男の嘲笑《ちょうしょう》――
口をつつしみなさい！
つまり国王は
『番』を見つけている――？
失礼致しました……
城門を開けー！
城門にも大した人影はなし…か
ようこそお越しくださいましたエレミヤ殿下

私は
カルディアス宰相《さいしょう》
フォンティーヌ・
ゴーギャンと
申します
宰相も
随分《ずいぶん》と
若い…！
不安…
いけない
顔に出しては
エレミヤ・
クルスナーよ
よろしくお願い
します
これよりは私が
ご案内します
もう一度
馬車へ
殿下のお部屋へ
向かいます
それよりも
国王陛下に
ご挨拶《あいさつ》を…
申し訳
ありません
陛下は執務中で
ございまして…

ガラ
ガラ
執務？王妃を迎える以上に重要な…？
ガラ
…いえ ここはまだ おとなしく…
ガラ
こちらが本日から殿下のお部屋となります
フォンティーヌ……？
はい 殿下
…！なんて妖艶《ようえん》な微笑み…でも絆《ほだ》されるものですか！

私たちは先ほど王宮を通り過ぎて来たわね？
はい
その後方にあった宮殿も通り過ぎて来たわね？
おっしゃるとおりです
ではここは…？
…もとは離宮でございました
なんたる侮辱!!
王妃として訪れた私を離宮に…？
後宮へは婚姻が終わるまで入れないということかしら？
いいえ こちらが殿下のお部屋でございます ——後宮は
『番様』が使っておられます

やはり陛下は番を見つけていらっしゃるのね
そして『番様』は後宮の…王妃のための部屋を使っている
国王陛下がそれを許した…!
遺憾《いかん》ながらそのとおりでございます……
陛下はなぜ番と結婚されないの?
番様は元平民です
現在は公爵《こうしゃく》家のご養女となられましたが
それでも貴族たちの反発を受けました
加えて
『帝国』のこともあり——……

『帝国』
わが国テイレシアも『帝国』への抑止力としてカルディアスの軍事力を欲した
そしてカルディアスはテイレシアの政治力を──
フォンティーヌ番様はなんという公爵家の養女に？
『ブラッドリー・ジュンティーレ』公爵でございます
現カルディアス王は摂政であるジュンティーレ公爵の傀儡《くぐつ》だ
数度夜会で見かけたがこれは 愚鈍を絵に描いたような男……
無知で人望もない…エレミヤ
そなた人形遊びは好きか？
スーリヤお姉さま…？
カラ

私はあの国の
〝力〟が欲しい……
『帝国』への
抑止力として
だが…
無能の王は
いらない
おまえ
カルディアスを
手に入れて見せて
ごらん
スーリヤ
私の姉
美しくも恐ろしい
テレイシアの
女王——……
それは
結納の
祝だ
コロ
コロ
つまり私に
カルディアス
国王と
政略結婚しろと
王家の娘
なのだもの
覚悟はして
いたわ
…でも
その上で
国を
のっとれと

とても
危険な人形遊びだ……
しかしそなたなら
成し遂げると信じよう
だが
失敗した
そのときには
これで
自害
しろと……
…ありがたく
頂戴
いたします
これが
できたら
お姉さまは
私を認めて
くださる
だろうか？

カルディアス王
私の夫となる人――
優しいお方だったら良いな…
――…
エレミヤ殿下？

…なんでもありません
専属侍女のエウロカと申します
ヘルマです
カルラです
エレミヤ・クルスナーよ
…私の侍女はこの三人だけ？
はい
ずいぶんと少ないのね…
畏《おそ》れながらこれも陛下の采配でございます
そう

お食事ですが
殿下は長旅でお疲れでしょうから この離宮へ運ばせていただきます
それも陛下のはからい？
はい
そう
随分と私を慮《おもんぱか》ってくださるのね
こんなに甘やかされては私胸焼けを起こしそう
…
今日はもう良いわ 皆下がりなさい
かしこまりました

この国を手に入れるにあたって王に反旗を翻《ひるがえ》せる者を見い出さなければ
まずクルトは除外…私への態度から見ても間違いなく熱心な国王支持派
おそらく番でもない私を娶《めと》らざるを得ない王に同情している
宰相フォンティーヌ・ゴーギャン
彼はまだわからない——

宰相ほどの高官が王家を裏切るとは考えにくいけれど
私に同情するそぶりがある
振りだけかしら？
そして三人の侍女――
ハク
エウロカ…エウロカエルはジュンティーレ公爵夫人です
エルマも貴族の子女
カルラがよくわからない…
あなたにわからないなら用心が必要ね
エウロカが公爵の指示を受けて私を監視している…というのが順当ではある
ただ わかりやすすぎる気もする…

翌日
カチャッ
エウロカ
私 陛下に ご挨拶したいの だけれど
か… 確認して 参ります
お待ち ください っ…
…
…!
申し訳 ございません
国王陛下に おかれましては 執務中につき お目通り叶わない とのこと……
ガチャッ
バタン
えっ…!?
そう…
なんと これが 一週間 続いた

竜族は婚姻式を済ますまで 妻と逢わない――などという風習は聞いたことがない なのに
一切 何も一言の断りも入れずに
ただ一週間放置！
婚姻式でようやく逢った陛下は――

肖像画通りの美しいお顔……
私
ここに愛を育みにきたわけではないわ
だから陛下が不機嫌でも問題ない
問題ない――……

これから
初夜…
形ばかりの
婚姻といえど
初夜さえ迎える
気がないのなら
使いの一つも
寄越すはず……
私は今夜
あの不機嫌な
国王陛下に
この身を
捧げるのだ

……！
お姉さまの命を全うするために
この国を掌握するまでは
おとなしい女だと思われていたほうがいい
怖くなんかない

悲しくもない
私はテレイシア王国第三王女
スーリヤの末妹
この身はお姉さまのために…！
お姉さま…！

……
あっ…!?
朝…だわ
あ…さ…?
まぶし…
…フッ…

ふっ…
あはは
ばっ
あはははははは!!

よくも…よくも私をここまで愚弄《ぐろう》してくれたわね
カルディアス国王…いえ
一国の王女の遇し方すら弁《わきま》えぬ暗君…
愚王めが

運命の番？よろしい ならばその赤い糸断ち切って
『番さま』もろとも地獄へ送ってさしあげるわ!!

漫画 南澤久佳
原作 音無砂月
キャラクター原案 iyutani
運命の番《つがい》？
ならば
その赤い糸とやら
切り捨てて
差し上げ
ましょう
Threads of Fate? Well Then, I Shall Cut It Off.
@COMIC

ブチ切れ純情王妃が
忍びやかに悪を制裁!?
痛快！　国盗りファンタジー！
COMIC
コロナ
CORONA
TOcomics
にて好評連載中―。
詳しくはコチラ！

# 運命の番《つがい》？
# ならばその赤い糸とやら切り捨てて差し上げましょう２

2021年1月1日　第1刷発行

著　者　音無砂月

発行者　本田武市

発行所　TOブックス
〒150-0002
東京都渋谷区渋谷三丁目1番1号　PMO渋谷Ⅱ　11階
TEL 0120-933-772（営業フリーダイヤル）
FAX 050-3156-0508

印刷・製本　中央精版印刷株式会社



ISBN978-4-86699-100-9